Appliance
装置

[英] J. O. 摩根 —— 著
J.O.Morgan

柳闻雨 —— 译

上海译文出版社

J.O.Morgan
Appliance
Copyright © J.O.Morgan, 2022
First published as Appliance in 2022 by Jonathan Cape an imprint of Vintage.
Vintage is part of the Penguin Random House group of companies.

图字：09-2022-204 号

图书在版编目(CIP)数据

装置/(英)J.O.摩根(J.O.Morgan)著；柳闻雨译.—上海：上海译文出版社，2024.1
书名原文：Appliance
ISBN 978-7-5327-9299-3

Ⅰ.①装… Ⅱ.①J… ②柳… Ⅲ.①幻想小说—英国—现代 Ⅳ.①I561.45

中国国家版本馆 CIP 数据核字(2023)第 238121 号

装置
[英]J.O.摩根 著 柳闻雨 译
责任编辑/薛倩 装帧设计/胡枫 罗晶芹

上海译文出版社有限公司出版、发行
网址：www.yiwen.com.cn
201101 上海市闵行区号景路159弄B座
上海景条印刷有限公司印刷

开本 787×1092 1/32 印张 7.5 插页 2 字数 98,000
2024年1月第1版 2024年1月第1次印刷
印数：0,001—8,000 册

ISBN 978-7-5327-9299-3/I·5793
定价：48.00 元

本书中文简体字专有出版权归本社独家所有，非经本社同意不得连载、摘编或复制
如有质量问题，请与承印厂质量科联系。T：021-59815621

目 录

第一章　把它带进来 …………………… 001

第二章　单行道 ………………………… 023

第三章　第一个，人 …………………… 049

第四章　试错法 ………………………… 072

第五章　寻找圣杯 ……………………… 091

第六章　一场误会 ……………………… 110

第七章　最后的晚餐 …………………… 137

第八章　家庭照护 ……………………… 162

第九章　切断 …………………………… 188

第十章　一条清晰的小路 ……………… 206

第十一章　更远，更远些 ……………… 225

第一章　把它带进来

　　这台装置看起来不过像是一台超大的灰色冰箱，或是一个让人望而生畏的怪异模型，下面的门十分厚重，上面的门小一些，每扇门都像轿车的顶部一样呈流线型，配有彩色的把手。不过，下面的把手上锁着一把重重的挂锁，而只有在装置上方绿灯亮起的时候才可以触碰上面的把手。因为装置和冰箱不同，光滑的顶部有三列不同颜色的小灯泡。而装置侧面拴着一个笨重的控制箱，上面有荧光显示屏和倾斜的橡胶小键盘，但它并不是调温装置。

　　一个周五傍晚，机构中四个衣冠楚楚的人来到这里，将机器从蓝色的老式货车上推到小推车上停稳，再推过花园小径，一点点挪进皮尔逊先生的前门。

　　他们小心翼翼地进行着精密操作，一点儿都不着急，反复确定大门敞开的尺寸，然后用园艺麻绳绑住锻铁大门。他们查看花园小径的粗糙混凝土上的小小裂缝，然后在门前台阶上铺上长木板。他们用棉布手帕擦去手心的汗水。然后四个男人紧紧抓住这台高大的灰箱子，将它推入房间，仿佛一旦他们把它弄倒，甚至磕碰一下，都会引来巨大的灾难，都将成为终结世界的咒语。

皮尔逊先生没怎么参与这一事件，只是一边清理走廊里可能的障碍物，一边对他的妻子解释着，是的，他们的确征求了自己的同意，对的，他知道这是怎么一回事，也会在时机恰当的时候告诉她更多细节，只要等这台装置安装好。

皮尔逊先生和那几个人不在一个部门，而是被特别挑选出来的。皮尔逊夫妇要把这台机器——原型机——保管几天，这段时间里机器上会运行一些测试，他们自己也会参与到这些测试中来。皮尔逊先生已经被分配了一些详细的任务。而且，和其他员工非常不同的是，皮尔逊先生离机构住得还算近，而距离似乎是挑选他的决定性因素。

这台装置最后停在了厨房。没什么明显适合它停放的位置，所以它突兀别扭地待在房间的中央。它不能紧挨着墙放，因为机器后面有伸出的电缆，而且大家认为至少在测试期间，应该让装置的四面八方都没有障碍阻挡。这根电缆有婴儿的小臂那么粗，外面还包着柔软的棕色橡胶。它通过一个结实的塑料套圈被固定在设备上，而电缆本身则从厨房拖曳而出，一直穿过大厅，从前门的收信口穿出。

四个人评估了机器的稳定性，又把细长的电源插头连上最近的墙上的插座，然后离开了，留下皮尔逊夫妇打量着这台新的"厨房设备"。

一只琥珀色的灯泡在装置顶上温柔地亮着。皮尔逊先生不太明白这是什么意思，只是双手插兜地站着，对着机器微笑。皮尔逊太太站在他身后，双臂紧抱，脸上没有笑容。

过了一会儿，她开口了："假如我们要出门，该怎么办？"

"嗯？"皮尔逊先生仍然直勾勾地盯着机器。

"收信口得一直开着，还会有一股穿堂风。"

皮尔逊先生慢慢向后退了一步，坐下，脸上仍挂着微笑。

"如果这玩意儿像他们说的一样……"他指了指那台笨重的机器，"天啊，的确。它很重要，真的很重要。"

皮尔逊太太叹了口气，坐到先生身边。

"你从来没有说过他们在搞这个东西。"

"我对此一无所知。没人知道。我们这些在人事部门的人，再怎么说也不会知道。这倒是意料之中。我们只能确定一件事情，那就是我们不知道他们在干什么。假如我们偶尔听到风声，也要发誓不走漏消息，还得签一份保密文件。"

"也罢。"皮尔逊太太望向厨房的窗户，"但我可没发过誓。假如有人问起从我们前门穿出去的那根难看的电缆，我该怎么说呢？肯定有人会问。它就从前面的小路上穿过。谁知道这根电缆到底有多长？我猜应该也是一直通到机构里的吧。那得足足有四分之一英里。人们看见它通到我们家，肯定会传出各种各样的流言蜚语。我不想撒谎，我对这种事可没什么耐心。所以，假如有人问起来……"

皮尔逊先生再次起身，又把双手插进口袋。他绕着机器慢慢踱步，从各个角度仔细地审视它。

"他们应该会弄明白这些问题的，我猜。全部搞定。"他俯身检查了电缆的连接点，伸手摸摸连接点是否完好，然后规规矩矩地抽回了手。"他们会张贴一些告示，通知那些需要被通知的人。"他不屑一顾地摆摆手，然后将手插回了口袋。"他们会张贴一些警告标牌。不要乱动。可能致命。违者重罚。你不用担心任何事情。我赌没人会问你这些。"

皮尔逊先生检查完一圈，坐回妻子身边。他还要继续保证，但装置此时突然发生了变化，琥珀色的灯光瞬间熄灭，过了一会儿，一只红色的电灯泡亮起来了。

皮尔逊先生立刻站起来，他握紧拳头，抵住嘴唇。他的妻子也慢慢起身，站在他身边。

一时之间，两个人都没有动，而机器也没有什么变化。没有响声，也没有警告的信号，只有灯泡和灯泡之间慢慢交替地亮着，两张充满期待的脸上映着柔和的红光。

片刻之后，皮尔逊太太的肩膀垮了下来。

"你觉得它这样就结束了吗？"

"嘘！"她的丈夫猛地挥了一下手。

皮尔逊太太放低声音，耳语般地说道："我想问，你觉得是不是什么东西过来了？无论它是什么，它已经在那里——分解了，或者你觉得？"

"什么？不。这是……我不知道。"皮尔逊先生翻找着自己的夹克内袋，翻出一沓叠好的灰色打印纸，在这天下午用黑色和红色色带打好给他的。他用手指一条条地过着所有指示。"啊，"他点点这几页纸，"这个锁上了，"他再次检查相关的几行字，"是的，红灯的意思就是它锁上了。这就对了，"他继续读着，点着头，"是的，这是自动的，明白吗？他们会在那头做一些动作。而在我们这头，我们……什么也不做。是的，现在我们……我们等着就行。"他再次抬起头，笑了笑。

皮尔逊太太轻轻呻吟了一声,走向水槽:"嗯,我不能再浪费时间闲逛了。这毕竟是你的职责。这或许也不算你的工作,但这是*你的*责任。所以你大概会是那个……"她从架子上拿起一只大锅,开始向里面加水。"他们会多给你点儿钱吗?*我们*最好还得拿点儿好处。我想说,毕竟挺不方便的。他们说这台机器得在这儿放一整个周末。要是我们有客人呢?他们也不问问。你可别告诉我,他们说这本身就是一种荣誉。如果这是你的工作职责,那么他们得给你加钱。不管怎么说,它是不是挺危险的?就跟小白鼠似的,我们。他们到底有没有试着给我们点保证,确保一切都顺利——"

皮尔逊太太丢下了沉重的锅。锅子沉闷地"叮咣"一响,落回水槽。水溅了出来,弄湿了她的围裙,还泼到了地上。

她的手条件反射般地举起,捂住了耳朵。但那阵噪声已经结束了,现在屋子里只能听到水流入盆里的声音。

皮尔逊太太的嘴一直大张着,就要尖叫出来。她的瞳孔缩小,仿佛为即将发生的事情做好了准备。

但什么也没有发生。

她转过身,发现丈夫也用双手紧紧捂住耳朵,身体缩成一团,简直像把自己对折了起来。

噪声没有持续太久,几乎不过一秒,停止和开始同样突兀。尽管噪声非常大,但并不伤害耳朵,只是让人非常烦躁。就像钢铁做的爪子挠着空气,把空气撕裂,用暴风骤雨的力量扯开,又啪的一声狂暴地合上。

皮尔逊太太想要呕吐。她觉得丈夫或许也有同样的感受,尽管他不会承认。但在新的沉寂中,病态的感觉迅速消失了。皮尔逊先生已经直起身来,重新把颤抖的手插入口袋中。他给妻子一个勇敢、会意的眼神,仿佛在说,*你看?* 就好像一切都在他的预料之中。但皮尔逊太太仍然发现了她丈夫不露齿的微笑背后强忍着的痛苦表情,仿佛在内心偷偷为后续的不快树起了防线。

然后,红灯熄灭了,灯泡中的光消失了,瞬息之后,机器简直就像在进行最后一项快速的自我检查,绿灯又亮起了。

皮尔逊太太小心地捂住了耳朵。她犹豫不决地拧开了凉水的水龙头,然后重新站回丈夫身旁。

"你觉得这是不是……"她微微弓起肩膀,用围裙的衣角擦着手。

皮尔逊先生回到了轻松的姿态,肌肉慢慢松弛,尽管他此时的呼吸仍卡在喉头,只得微微点几下头,来回应妻子。

"所以，我们要怎么……"皮尔逊太太疑惑地看着机器，"我们怎么能……知道？我想问你，到底该怎么办？"

皮尔逊先生盯着机器，嘴唇像鱼一样一张一翕。然后，他用颤抖的手掏出那张打印纸，开始仔细地查阅。他跨步向前，再次看向下方，核对指示，然后起身握住了上面的把手。他拉动把手，把手轻快地沿着铰链向后弯去，随着一声轻柔的"叮当"声，里面的锁扣松开了，随着塑料封条吸力的松动，上面的门打开了，自如地向外摆去。

里面的隔层比他们想象中小很多，门后的装置主要是实心的，和机器的其他部分一样被漆成灰色，但中间有几乎放不下一盒鸡蛋的一个小舱。隔层内的空间是弧形的，四壁排着许多微小的灯泡，非常紧密地挤在一起。灯泡的玻璃是透明的，但看不见灯丝，只是中心有点暗，就好像一千只鱼眼排在一起，每只瞳孔边缘都很柔软，或者像一整墙硬化的蛙卵。

门板的里面也集中着一大片弯曲的灯泡。所以当装置关门时，它们会依偎在舱中，形成一个完整的球体。但现在，球体被打开了。这些灯泡暗淡、静默。而灯泡上，在舱的中间，躺着一只小小的塑料白勺子。

它就像是皮尔逊先生每天在机构食堂吃午餐都会看见的

那种勺子。他伸手去拿。

"别!"妻子把他伸出的手打回去,"勺子可能很烫,或者通了电,或者——有什么问题!*你可不知道*。"

皮尔逊先生仔细地研究了笔记,摇摇头。他又够向隔层,碰到了勺子。勺子动了动,与精密的灯泡玻璃摩擦时,发出轻轻的嘎吱声。皮尔逊先生举起它,惊奇地看着,还拿给妻子看,妻子弯下身细细查看,这果然是一只塑料小白勺。皮尔逊先生把它翻过去,拇指摩挲着勺口。他抚摸着勺子的边缘,寻找塑料加工时留下的毛边。然后他小心翼翼、毕恭毕敬地把勺子放回了机器内玻璃鱼眼的舱中,开始关门。

"他们会不会想要寄其他什么东西过来?我们是不是应该把它放在外面,你知道,以免这些东西被搞乱?"

"不用。"皮尔逊先生轻轻说道,几乎是在耳语,"不用,不会发生那种事情的。完全不可能。现在我们需要——"他轻松地关上门,玻璃灯泡彼此滑动摩擦,紧紧挤在一起时又发出了嘎吱声。"我们现在把它送回去。"

他拖着步子走到机器旁边,低下头,手中紧握着说明,用僵硬而坚定的手指小心地轻敲键盘。

"你知道怎么把它送回去?你确定吗?"

皮尔逊先生保持着沉默，全神贯注于手头的工作。他的眼睛在窄窄的显示屏和打印说明书之间游移。他的嘴唇无声地一张一合，默读着数字，确保自己没有按错。他犹豫着，手指在按键上方停住，做好了传输的准备。一切都有点太简单，太直接了。他笑了。当然很简单。整件事情的关键就在于简单。这就是他们把测试设备的机会交给自己的原因，而且是从自家不被监督地进行测试。绿灯熄灭了，琥珀色的灯又亮起来。

糟糕的敲击声马上又重新响起，在机器内部极速捶打。皮尔逊夫妇警惕地面面相觑，然后又看向机器。

"查查你的笔记！"皮尔逊太太催促着丈夫。"看看这是不是正常的，别让这玩意儿炸掉，把咱家厨房毁了！"

皮尔逊先生尽责地查起了说明，疯狂地翻找着。

砰砰的响声和敲击声继续着，不同的节奏互相交叠、彼此扭曲、干扰。其中还夹杂着抽吸泵的声音，就像嘎吱作响的水管子，充斥着脉动和涌流。

"上面说……上面说这很正常。"皮尔逊先生试着显得轻松，尽管还得在噪声中提高音量。他重新挤出一个笑容，好让妻子放心。"这上面说我们会受到一点儿噪声干扰。这是整个……你懂的……分析流程的一部分。这个过程肯定是——是的,需要走完整个流程。"

"那你觉得这套完整的流程要多久才能结束啊?"

皮尔逊太太一点儿也没放下心来。她又捂住了耳朵,但没什么用,声音似乎可以穿透一切到达她。

她迈着小步,撤退到厨房的另一边。她的丈夫也照猫画虎,他的借口是不想对着妻子大吼,尽管在他等了很久终于开口说话之时,敲击声突然停止了。他们又面面相觑,然后走回装置旁边。琥珀色的灯泡仍然亮着。

皮尔逊先生也用手捂住耳朵。他感觉任何事情都有可能发生,毫无预警。

但什么也没有。这台机器始终沉默而平静。

皮尔逊太太试着小心翼翼地,不再捂住耳朵。

"嗯,我跟你讲,我已经不太想做饭了。有这玩意儿在这儿,天知道什么时候就要开始响警报,我就没心情了。谁想要跟这种东西住在一起?怎么说它也太打扰人了,而且还很丑。"

"这只是一台原型机。我保证,一旦他们搞清了它的运转方法,它就不会像现在这么吵了。他们会修理这个问题的,肯定会彻底解决。而且我也不是特别饿。随便吃点三明治之类的就行。"

皮尔逊太太开始给两人准备一顿简单的冷餐，尽管她并不喜欢走近这台机器，去到冷餐柜前。

"不过还是挺让人吃惊的，对吧？这会开启一个新时代。这就是未来，未来就在我们的厨房中！"

"我没看出来它能带来什么改变。传传一次性餐勺。"

"哦，别傻了。他们只是用勺子来测试。简单的物件，明白吗？每次送一个小东西，他们就可以确定这台机器可以正确，你知道——校准或者诸如此类。你得打开格局。他们在机构里的机器——嗯，我没有亲眼见过，但我打赌它们一定非常大。想象一个外国大工厂和整个仓库都专用于像这样运送商品。每秒钟都能运输一大批商品，就像这样。"他打了个响指，"就像闪电，这些商品瞬间就能到达目的地，立刻就能用。"

"不太可能。"皮尔逊太太盯着琥珀色的灯，"如果你每次传什么东西都得等这么久，就行不通。"她放下两只装得满满的盘子，坐在餐桌边。

"他们会解决这个问题的。即刻传输，记住我的话。"皮尔逊先生掰了一大块面包，开始抹黄油，时不时挥舞着刀，似乎在让他的思维导向更为准确的目的地，"而且传的不会是勺子。不会，我在想或许将来会用来运输铁、钢材，或者原油一类的东西——原材料，那些传统船运要数月才能从国外运回来的东西。一旦他们把电缆铺好，铺在海底那些地方——当然，这得花上一阵子时间，因为那种级别的操作非常费劲，但绝对物有所值。这种运输方式长期来看是更便宜的。"

"然后这也会让许多普通企业倒闭。所有的造船厂、工程师、有经验的海员，全部下岗，就在一瞬间，像闪电一样快。他们可没什么盼头了。"

"不，完全不是这样的。"皮尔逊先生故意将刀尖指向妻子，一边打断她的话，一边还努力嚼着、咽下一大口食物，"一方面，他们还会运送其他货物，那些没法用新方法运输的东西。复杂的东西，你知道，比如电子产品或者珍稀的食材。更别提人了，人还得到处跑啊。还有，即使海运行业真的垮了，就像你刚才说的那样，那所有的工人还可以加入这个新产业。我想，那里肯定有很多工作机会。比如控制系统、铺设电缆之类的事情。一扇门关上了，就会有另一扇开起来。这就是世界的规律，这就是进步。"

在他们身后，敲击声再次响起。皮尔逊太太被突如其来的响声又搞得紧张起来，差点噎住。丈夫却挥挥手，对噪声不以为意，像一个熟悉了这台机器运作原理的专家。

"重新分析，就是这样。他们偶尔会这样做。物体在改变，你知道，从分子层面上。从一个时刻到另一个时刻，它会重新分析这个物体，并且重新检查它的总量，诸如此类，然后当他们在那边准备好接收这个物体，它就会更新为传输前的样子。

"那我们呢？"皮尔逊太太喝了一小口水，"这么高级的发明对我们有什么好处呢？像你这种在人事部门工作的人，从这个进步的新世界中能得到什么呢？"

"得到什么？作为消费者，当然有好处。这种好处不只是业界的。我们才是最终得益的人。东西会更便宜，更方便。今天是勺子，明天或许一辆汽车，都可以从工厂的地面直接传输到咱家前门，或者干脆传输到前面的小路上，或者到安装着这些机器的最近地点。这样运费肯定更便宜，更方便，方方面面都更好，你不觉得吗？"

"我觉得，你说的所有事情听起来都更贵。完全是浪费钱，而且没必要。"皮尔逊太太端着空盘子和杯子，来到水槽旁。"得铺多少英里的电缆，得搞多少台新机器？铁定会把商品的价格推高的，而不是让它更便宜。"她歪了歪头，"谁知道呢？或许平衡下来不会有变化，我指的是价格。常言道，万变不离其宗，相对而言。"

她不喜欢这种噪声，敲击、抽吸和水流的汩汩声，但她已经可以无视它们了；就好像人们会迅速把那些门外工人们挖地修路的声音当作背景噪声一样。但当机器内的敲击声停止时，她发现灯光从琥珀色变成了红色，宁静地，安详地。她的反应十分迅速，猛地把盘子放进水槽中，双手捂住耳朵，闭上眼睛。皮尔逊先生也立刻照猫画虎，两人一直保持着这个姿势，僵硬地等待那可怕到能让人呕出刚刚吃下的早餐的撕裂声。

听起来比第一次还要糟糕，尽管他们已经有了预期。即使捂住耳朵，两人也感受到了一种突如其来的痛苦，简短但强烈。同样的撕裂、抓挠声撕扯着他们的五脏六腑，甚至把他们拽向机器那边。

他们犹豫地睁开眼，装置上方的灯又变为绿色。皮尔逊先生从椅子上摇晃着起身，尽力显得轻松一些。他检查机器的舱，空空如也。除了一排排密集的玻璃灯泡，什么也没有。简直像变了个戏法，没有入口，没有出口。这一刻它在这里，下一刻它就不见了。

"这个机器足够大。"皮尔逊太太用双手的手心按住肚子。她走过去站在丈夫身边，但又没有完全站直，而是随着他紧盯着空无一物的舱口。"可能有一块藏起来的隔板，那些灯泡可以像活板门一样打开,把勺子顺下去,正好让我们看不见。然后门就关上了,'砰'的一声,勺子又出现了。"

皮尔逊先生伸手进去,抚摸着舱中的四壁和底板。他探寻的指尖触到灯泡,玻璃的隆起几乎平滑到不自然的程度。它们滑溜、冰冷。他把手抽回来,惊讶地发现自己的手竟然不是湿的。

"它们似乎装得挺结实的。排得挺紧。"

"那把勺子是一个小东西。看看这电缆有多粗,传一把小勺子没什么特别的。"皮尔逊太太解开围裙的系带,把沾着污渍的白色棉布围裙整齐地叠在手中。"肯定是某种真空管道之类的东西。你懂的,充气的那种。就好像是一个非常高端的银行一样。所有的那些敲打,都只是在加大压力,然后'咻'的一声,东西就被吸走了。就是那样,非常聪明的设计,我确定,但不是啥新玩意儿,而且它不会大规模生产的。"

皮尔逊先生慢慢地点头。他完全没在听,只是摇晃着厚厚的铰链连接的门。他在试探着门的重量,在看哪种细电线可以连接门和主要的装置。

皮尔逊太太没再管他。

"嗯,我确实没有等着他们传输更多的勺子过来。"她把叠好的围裙放在桌上的剩饭旁边。"而且我真的希望他们别再传了,至少是今晚。"她瞥了一眼水池中没洗过的盘子。"有那些敲敲打打、叮叮咣咣、嘎吱嘎吱的声音在,我能合一下眼都谢天谢地了。"她深吸一口气,向走廊走去。"跟你说一下,上去前要把门拉好。"说完她就走开了。

皮尔逊先生独自站了一会儿,他面前的机器十分安静。妻子离开后,他现在可以欣赏起这台机器完全的静默了。即使是一台冰箱,也会发出嗡嗡的低响,但这个东西完全没有这类底噪,甚至绿色的亮灯也是完全安静的。这让皮尔逊先生自己带着鼻音的呼吸显得十分粗重。在他关门时,手上没有感觉到门的任何反作用力,铰链顺滑得没有一丝摩擦,直到玻璃灯泡彼此碰上,才让他感到一瞬间的阻力,摩擦时发出尖细的噪音,然后门上的磁条把门吸到门框上,发出一声低低的"砰"。

皮尔逊先生把手插进口袋,向后退了几步,不愿把自己的眼睛移开机器,现在还不是时候,万一有什么情况,发生了特殊事件呢?

但什么也没有发生,绿灯仍然亮着,机器也安静着。不久,皮尔逊先生就转身离开,佝偻着腰,跟着妻子去楼上睡觉了。

* * *

条状百叶窗的缝隙里透出的暖黄色街灯光线，照进厨房冷色调的深蓝中。待机中的机器显得庞大而沉重，上面琥珀色的灯泡持续地发出微小的光芒。

机器发出缓慢的嘎吱声，温柔的敲击声，深沉、柔和，又带着点犹豫。昏暗中，传来脚步和窸窸窣窣的声音，虚掩着的厨房门慢慢向内推开。

皮尔逊太太模糊不清的影子出现在门口，微弱的黄色灯光隐约照出她破旧的白色睡袍。她站在那里，双手环抱，伸出一只赤脚，用大脚趾踩住从门口蜿蜒进去的粗电缆。电缆上的橡胶柔软而温暖，在触碰的时候向下陷了一点点。

她悄悄走向水槽，赤裸的双脚在冰冷的地毯上发出黏糊糊的低吟。她把膝盖并拢蹲下，打开碗橱，在水槽下摸索着，拿出了一个长长的帆布工具包。她起身，帆布包的两头随着金属工具的移动而坠下。

外面的街上静悄悄的。整条街都在沉睡。但发出琥珀色灯光的机器让整个房间都处于等待中。皮尔逊太太把手伸向在机器后面矮插座上的棕色小插头。插头很烫，电线也很烫。她关掉电源，几秒钟后，顶部的琥珀色光源逐渐黯淡，融入了厨房的深蓝色中。皮尔逊太太把插头从插座上扯下来，以防万一，静静地将它放在地板上。

她在工具包里摸索一阵，找出了一只长长的黑色橡胶手电。她把手电指向脚边，打开了开关。手电的亮度让她吓了一跳，她连忙用手捂住手电筒头，让透出的光线照向机器的下方，寻找螺丝。在最近的一块金属面板上，嵌着八颗螺丝钉，她再次在工具包里翻找合适的螺丝刀，然后将手电筒对准机器的前面一角，开始干活。

螺丝牢牢地贴合在金属板上，拧得紧紧的。但皮尔逊太太下定了决心。她咬紧牙关，直到下巴开始酸痛。她牢牢握住螺丝刀，手上的关节都开始发白，用尽全身力气拧动，直到出现了一个小的金属缝，第一颗螺丝突然松动。她慢慢地拧松这颗螺丝，直到它落入她的掌心。

她搞定了六颗螺丝，把它们整齐地排在身边的地板上，这样她就知道用什么顺序把它们拧回去了，此时她意识到自己的小动静和咕哝声并不是夜晚厨房唯一的杂音。另一个人的影子出现在门口，看着她。皮尔逊太太从手电筒发出的明亮的锥形光束向上看去，眼睛适应了好一阵子，才认出丈夫浅色的条纹睡衣。

两人在黑暗中互相凝视片刻。而后皮尔逊先生走进厨房。他穿着旧的皮凉鞋，鞋底在厨房的地板上显得十分柔软。他站在那里，向下看着妻子。手电筒的光芒笼罩着这里，将整齐排列的螺丝拉出长长的影子，清晰地照出机器侧面面板从机身分离的缝隙。

皮尔逊先生伸出手。妻子将手中的螺丝刀递到他的掌中。他紧紧握住，将螺丝刀的尖端瞄准上半部分的最后两颗螺丝钉，然后开始拧。皮尔逊太太找了另外一把螺丝刀，开始和丈夫一起干活。

面板最终松动之时，他们十分小心地不让面板落下，齐心协力地抓住突然沉重的板子，把它靠在厨房的墙上。两人将手电筒的光打向机器深处。

起初，他们无法确定自己看到了什么。手电筒的移动将光打入机器内部，仿佛里面真的有什么东西在蠕动，看起来像许多发亮的红色虫子，在彼此身上扭着，缠成了一大团。但它们的确只是电线，成千上万根细细的红色电线。除此之外就看不出什么了，只有一根窄窄的中央柱，悬挂着几片平平的金属板，就像暖气片，或者蜂巢中细细的木架子。在金属板之外，只有一股股电线，所有电线都重叠着，扭结着，这里连着那里，那里又连着其他地方，就像一台复杂而庞大的老式电话总机。两人将手电筒举得近些，发现板子上每个细小的连接点都对应着一段蝇头小字的密码，用白色字体刻在金属板上。

皮尔逊先生将手电筒靠里伸了伸，让光束打在机器上方。更多的电话总机，更多电线。他想，这些电线的数量，是否和机器上方舱中蛙卵一样密布的灯泡数量有什么关系。电线数量也许是灯泡数量的平方，也许是三次方。妻子小小的一声惊呼，让他迅速地抽回手电，将光打向妻子的手上。

她扎到了手指。电线的接线点十分尖利，一颗鲜艳的血珠缓缓从她的皮肤上绽开。

两人赶忙把侧面的面板抬靠到机器上，将螺丝紧紧地拧回原先的位置，还把所有触碰过的部分擦拭干净，先用一块拧干的抹布，再用茶巾。最后，他们把小小的棕色插头安回墙上的插座。

他们屏住呼吸，打开开关。几秒钟过后，琥珀色的灯光重新亮起。

皮尔逊夫妇同时舒了口气，匆匆藏起了工具包和手电。

夫妇俩一起回到楼上睡觉。

* * *

第二天早上，皮尔逊先生在外面拿周六的报纸时，机构里的工作人员回来取他们的原型机了。他们没对皮尔逊太太说什么，只是礼貌地问问能否进门。

似乎不需要什么特别的关机程序，他们关好墙上插座的电源，缠好电线，解开电缆，将机器推出门去，放进了等待的小货车。司机向皮尔逊太太碰碰帽檐，她目送他们驶离。

回到厨房，她对着机器放了一整晚的地方凝视片刻。庞大的机器在地毯上压出了四个深深的凹陷，形成了一个整齐的正方形。

皮尔逊太太从她的口袋中掏出了一段细细的红色电线。电线的两头都有尖利的黄铜接头，她用手指缓缓转动电线，仔仔细细地审视，然后将它放在厨房台面的一边。现在她已经开始准备早餐了。

第二章　单行道

艾玛从驾驶室的车窗中探出头来，她的同事克里斯托弗将他们的卡车缓慢地开进一条住宅区宽阔、安静的道路。斯特凡坐在他俩中间，本应该看着艾玛相反那一边的路，但他却在大腿上用小锡盒卷着香烟。一切搬家任务的麻烦往往大同小异，不是找到房子本身，而是找到离房子最近的连接盒。

艾玛最近与客户打的一通电话特别让人烦心，但她保持着耐性，而电话另一头的女人挂断电话，穿上大衣，从前门走出，沿街寻找着艾玛所说的盒子。

这些盒子被涂成中性的灰色，尽管它们的大小极其容易被忽视，只有最仔细的行人才会发现它们。极少数人才能记住这些设施，以及它们替换了什么。这些灰盒子就是那种街边设施，说不上为什么，但总是在那里。

"那边！"艾玛指向挡风玻璃的前方，"在……嗯，在那两辆棕色的车后面。你应该可以在它们后面靠边停下。"

克里斯托弗既没加速，也没点头表示看到了。也许他也看见了盒子，但就是没有表态。也许他厌恶艾玛急切的样子，她的效率，她总是要指出明显的事物。这趟旅程艾玛一直都是这样：尽最大努力讨好别人，但周围的两个男士却一言不发，只在不得不说话的当口开口，使用最简洁的话来回应。

他们经过时，艾玛使劲眯眼看着房子上的门牌号。

"对，看起来没错。她应该就在下个转角。可能只用一卷电缆就可以搞定，你们觉得呢？"

她的问题已经尽量直接了，但两个男人仍然没做出任何回应。也许他们在不确定的时候不爱说话，也许他们在安静地计算自己开过的距离。艾玛假装自己也没在等着一个回答，她把水壶贴在唇边，靠后坐好，从自己这边敞开的车窗向外望去。

天气挺热，外面没有一丝的风。现在他们停下车，没有任何一丝空气吹进车内。从挡风玻璃中透过的热气厚重而压抑。他们路过的房子全都是一个模子里刻出来的：小小的，红色的，彼此分离的，有着极其平坦、整齐方正的草坪和被低矮不平的粗糙灰色石墙环绕的狭窄车道。

他们看见前面有人坐在草坪的正中央。一个人，坐在一把折叠花园椅上，她的脸藏在一顶巨大的软边草帽下。汽车驶来时，这个人站起身。她是一个老妇人，个子高高的，但佝偻着背。她没有招呼卡车，而是转身把椅子折好，将它放回房中。

克里斯托弗将卡车屁股停得尽量靠近车道，艾玛让两个男人处理他们的任务，自己沿着焦黄的草坪走向前门。女人已经离开，但房门大敞，只有里面的防蝇纱门关着。艾玛在最近的窗玻璃上敲了敲。

"卡特太太？"艾玛没听见里面的回应，但她还是继续做着介绍。"我们是您雇的搬家公司。希望我们没到得太早。"她自己也不太相信早到会给人带来困扰，但她想要显得客气一些，有备无患。"卡特——太太？"房间的暗处似乎有移动的声音，尽管没人上前，而艾玛手搭凉棚，好让自己从纱门的网眼中看得更清楚些。"干活的小哥需要花点时间准备，但如果我能先看看您有什么东西，看看您是怎么整理物品的，在玄关或者其他地方，然后就可以，至少——卡特太太？"

房子内的动静更近了些。纱门打开了，老妇人站在那里，高大又憔悴，身着米色的夏装和破旧的白色开襟毛衣。她巨大的棕色眼睛看着来访者，显得既不满又无奈。她没戴那顶草帽，粗硬的黑发紧紧地绑成一个发髻，中间夹杂着几绺灰发。

"艾玛。"艾玛伸出手，咧开嘴笑着，显得十分笃定。

老妇人让对方握住自己的手晃了晃，但并没有什么回应，只是让目光从艾玛身上越过，盯向卡车和两个在小路上铺着粗电缆的男人，他们每隔几码就停一下，把电缆踢得离墙近一些，在穿过露天车道的电缆上架设低矮的木质坡道。

"不，我不喜欢它。"卡特太太轻轻地摇了摇头，仿佛这个简洁的动作可以终结一长段她与自己的疲惫讨论。她转身走回房中。"我喜不喜欢又有什么关系呢？我还有的选吗？"

艾玛觉得这些问题不是冲着她来的，但她不愿意放弃对话的机会。"每个人都有的选吗，卡特太太？没人喜欢搬家。实话实说，没有客户告诉过我们他们喜欢搬家的日子。"在纱门关上前，她跟着女人进了房间。"但我们确实在努力让事情变得，嗯，没那么麻烦。您知道吗？更加顺畅，简单。实际上我们可以让您的——"

房子昏暗而凉爽，没铺地毯，甚至连抛光得亮亮的金棕色镶木地板上也没铺毯子。艾玛尽量不去想同事拖动沉重家具时，靴子会把打蜡的地板弄成什么样。不过至少今天过完之前，这个老妇人就不会住在这里了。

"这里。"卡特太太在大厅的中央停步，楼梯从这里向上盘旋，通向一个窄窄的平台。"你们从这里开始比较好。"她指着几个摞起来的纸盒子，"你看，我给所有东西打了标签。打上标签的东西要运走，如果东西上没有标签，就留下。明白吗？那些搬家小哥能理解吧？别把那些没打标签的东西从这个房子里搬走，从你们那个新鲜玩意儿里。那些东西我要亲自带走，过一会儿。"

艾玛漫不经心地看着老妇人，观察着眼前的景象，点点头。她此前曾经多次在不同场合遇到过这种反应。尽管她无法理解，但仍然接受了这种警惕。她很早之前就已经了解到，完全没法说服客户这种服务毫无风险，不需要担心。这种人永远不会改变想法，即使实际的证据就摆在眼前。

"您……您还挺用心的，卡特太太。让我们的工作简单了很多。"她微笑着拿起离她最近的盒子上的标签。纸标签是空白的，上面垂着一根线，胡乱捆在硬纸板上。"我会告诉那些小哥的，他们肯定会很感谢您。您可不知道，好多人连要求都提不清楚，但凡有些事情不合他们心意，还会一直

第二章 单行道 | 027

跟我们抱怨。"

"是的，嗯，我觉得沟通好这些细节还是很重要的。"

"当然，卡太太，当然很重要。"艾玛拍拍纸箱子。

把卡特太太简称为卡太太有些冒险，但似乎收到了成效。老妇人的脸色缓和了一些，嘴角抽动，短暂地笑了一下。

"相当重要，你想看看要搬什么大件，对吗？"卡特太太优雅地转身，大步走向另一个房间，"露台的门没有上锁，侧门可以绕到前面，从后面上锁。如果你确实需要——"

艾玛又笑了，这次是笑她自己，她从容地跟上卡特太太。这似乎最终又成了个简单的工作。直到艾玛看见一架小三角钢琴和巨大的古董储物柜，以及其他几件极其笨重的物品。

她的笑容消失了。艾玛关心的并不是这些物品的大小，毕竟这不算是个问题，她发现有一个东西上贴着棕色的标签。

* * *

卡车的后门被牢牢地锁住，车后破旧的斜坡也已经放下。

克里斯托弗和斯特凡在房子里商量着如何处理这些大件物品，毫不含糊地告诉卡特太太他们实在是只能这样搬运这些大件，除此之外别无他法。艾玛爬上斜坡，解开控制装置上连接的弹簧。

她又打开了次一级的大门，正好让自己可以进入卡车的车厢，门上的一段柔韧的弹簧是她确保门不会意外关闭的唯一手段。这种安全措施简单，但有效——如果电缆的确被意外关上的门切断，这套系统就不可能继续运转了。

没有开灯的车厢显得凉爽而干净。艾玛让机器进入第一道启动程序，机器的舱中内壁和顶上排列的九万多颗微小的玻璃灯泡，发出暗黄色的光芒。她望向头顶的一个点，一颗灯泡熄灭了。这颗灯泡总是会灭。它就像一片发光蜂巢中的一个微型黑洞，不过这也没什么影响。理论上即使百分之二的灯泡都不亮，分析和传输的过程依然不会受到影响；至少只要坏掉的灯泡均匀地分布在四周，而不是全部集中起来，形成一大片黑暗。

没有大片的黑色，艾玛从工装上衣口袋拿出一尊皂石雕像，把它单独放在房间的中央，然后离开车厢，封锁车门。这种简单的测试分析工作进展相当迅速，从机器内部发出的敲击声、砰砰的响声、嘎吱嘎吱的声音只持续了不到一分钟，结果就出现在艾玛的控制面板上。她扫视着一行行橘黄色的数据，飞快地点击着页面。她知道应该出现的数据模式。使用熟悉的测试对象总是更简单，因为你更可能精准地得到希望机器寻找的数据。

艾玛拿回她的小雕像，此时克里斯托弗和斯特凡正在搬运他们要装的第一批物品。他们用简单、顽固的理论达成了目的，说服卡特太太如果她不允许传输所有大件家具，那么这些物品就永远出不了屋。没有其他方案。

先是钢琴被搬了出去。两个男人都不是十分魁梧。他们个子挺高，但不够强壮。不过他们还是合力把小三角钢琴抬了出去，仿佛它只是一个玩具，一个用空心塑料键盘和尼龙绳做出来的假玩意儿，而不是用上了漆的槭木和浇铸的金属制成的真货。钢琴被抬进了车厢的最里面，两个男人立刻走开，去搬更多的东西。

"他们跟我说这台机器没法处理像钢琴这样的东西。"卡特太太站在斜坡旁边，双手紧抱，重新戴上了大遮阳帽。她从帽子软软的边檐下看向艾玛，低声说："我读到过，*复杂材料*——有篇文章这么说——硬木、毛毡、象牙……这些材料机器没法运输。"

"曾经是这样的。"艾玛目不斜视地点点头,"您读到的肯定是篇旧文,过时了。"她摆弄着操控面板上的按钮,试图把链路清晰地固定下来。"对于一些旧模型,确实是这样的,就我们所知,一切有机物对这些模型都很麻烦。但最近不是这样了,机器的深层分析进步了很多。只要不是传输活物,不是有生命的东西,就完全没问题。"

克里斯托弗和斯特凡继续搬运着一样样东西,卡特太太看着他们,一言不发。尽管天气很热,但两个男人似乎都没出汗。对于他们而言,无论搬运的物品体积多大,是什么材质的,他们都不会感觉到半分吃力。

"看起来不太保险。"卡特太太在原地坐立难安。"把所有东西都聚在一堆,一次运完。"

艾玛对自己笑了笑。"就和我们把车开走的效果是一样的。也是把所有东西聚在一堆,一次运完。"

"但你还是可以驾驶它。你可以简单地把它装上这台卡车,然后自己把它开到目的地。"

艾玛愣了一下。她短暂地看向湛蓝无云的天空。"这有点不像我们的解决方法,而且有可能损坏这些仪器,更别提您的物品了。要开那么远,在那么老的路上?有那么多坑坑洼洼,还会遇到碎玻璃、车祸、堵车?即使只考虑保险费,开过去也得花更多的钱。"

"我其实理解这个原因。费用问题。价格没有变化,无论他们说什么,从我年轻时开始,就没怎么变过,所有这些——"卡特太太心不在焉地挥挥手,"这些新鲜玩意儿,这些繁琐的流程,但它带来了什么改变?又给世界带来了什么好处?为谁带来了好处?"

"价格会降下来的,等到最后。但您说得确实在理。搬家服务从本质上是一样的,所以坦白讲,相同的服务,还得用更多的员工。不过倒是有一点变化——开支。钱的流向发生了改变。"

克里斯托弗关上车厢门,拉上闩,卡特太太突然把双臂放下。"东西还没搬完呐,你们在干吗?还有很多要拉走——"

"没关系的,卡特太太。别紧张,别紧张。"艾玛从斜坡上跳下来。她的口气有点玩笑,但卡特太太并没有注意到。"我们分批传输,就是这样。这是我们的标准流程。这样另一头的团队就有时间把货卸了。而当他们在那边卸货的时候,我们又可以把第二批的东西装上这辆车。这样我们就进入了一套节奏，您明白吧？"她按下了开始键。

敲击声、砰砰声和嘎吱声和之前一样响起。卡特太太茫然地看着。

"还有一个团队？我……我从没想过。"

"两辆卡车，两个团队。一边是送货方，一边是收货方，中间是直接连通，两台机器中间有一个链接。您没法指望您的家具直接出现在新家前方的草坪上。即使可以，那，谁又要负责把它搬进门呢？"

"两个团队，是的，这是自然。"卡特太太盯着眼前的空白。她似乎在和自己的内心斗争，喃喃自语道。"确实。难怪这种搬家要花这么多钱，我们得算好，什么都要两套，所有事都这么……复杂。"

从卡车内部发出的敲击声停下了。卡特太太猛地抬头，似乎想要发现什么变化。然后她看向艾玛。

"它是……它是被搬走了吗？"

艾玛摇摇头："还没，它需要等一个窗口期。得等上个大概——五分钟？或者更久点儿。取决于运输量。"

"运输量？所以它们还没到？"

"连接盒是一个稳固的链路。中间的网络经常十分繁忙，特别是在今天这样的日子。但一旦我们有了好的连接，我们一旦锁定连接——"

艾玛的声音渐渐消失了，她盯着操控面板上的显示屏，手指划着早期分析的一长串数据。

卡特太太也瞥向屏幕，但她看见的只是一大堆乱码。她发现了一些固定的字母组合，甚至一些单词，但这些字词的组合让她觉得自己突然失去了语言能力。

艾玛抬起头："抱歉，卡特太太。这个过程可能有些无聊。重要，且无聊。所以我必须全神贯注，而且今天可真是太热了。"

卡特太太退了回去。她睁大了眼，看起来想要再说些什么，但只是转身进了屋里。

艾玛试着用后背正对太阳，对着装置弓下腰来，好遮住阳光。这个过程的确非常重要，这就是她必须在场的原因，除了和客户沟通外，她还擅长这部分的工作。她寻找着数据中的反常，大部分分析后的数据的确都是乱码，这是机器的语言，而不是人会说的话，但艾玛可以看懂。她接受过相关训练，也可以立刻发现一些不对劲的地方，如同发现钢琴演奏中的一处错音——无论这支曲子有多么复杂，或者你之前有没有听过，只要你有受过音乐训练的耳朵，只要你听得足够仔细，你就可以立刻知道，某个音符不应该和其他音符一起出现。

但音乐会上的错误是一回事——那些都是不可避免且无人在意的错误，而艾玛面对的错误可不能无视。

艾玛的工作细致而全面，没有忽略一行代码，终于面板上亮起的光显示，他们有了清晰的连接，她才如释重负，毫不犹豫地按下了发送键。

世界短暂地震动了一下。一小群鸟儿从树上惊起，冲向了炎热的蓝天。一只狸猫从一辆车的下方钻出，迅捷地过了街，消失在对面的公园中。

都是些寻常景象。

艾玛在斜坡尽头一动不动，她垂着头，身体紧绷，眼睛紧闭。

如果从前这里有一只汪汪叫的狗，现在它也安静下来了；如果这里曾有一只蚱蜢，在草坪上不停地振动着翅膀，它现在也停下了。艾玛听不到远处高速公路上车流的声音，但或许那些声音此前并不存在，她也不能确定。突然的安静给万事万物按下了静音键。

当艾玛睁开眼，烈日似乎都暗淡了一些，但空气中的热气更为蒸腾。一阵阵微风仿佛突然闯入了这片新鲜而极致的宁静。

艾玛查看了一下遥控器上的显示，然后将它挂好，回到了房内。

* * *

大部分大厅中的家具和家居用品已经消失，这里不再像是一个可以放松休息的场所。在大厅的正中央，一个高高的纸板箱周围，还放着三把曲木椅子，仿佛是在一张临时桌旁的牌局，或是流浪汉在围着火盆烤火。不过，在纸板箱的上方放着一只彩绘木托盘，上面摆着一套茶具：一只竹柄茶壶，三只放在深色碟子上的茶杯，一个配套的奶壶，一个糖壶，上面插着一把银色小勺，还有一小碟黄油饼干。

艾玛寻思着这套茶具是否是有意取出后放在这里的。克里斯托弗和斯特凡已经回到了尽头的房间继续工作，将剩下的物品从阳台门搬到房子侧面。只有卡特太太坐在纸箱旁，膝盖端正地并在一起，弓起背，头微微探向前去，睁大眼睛，盯着踢脚线的一处。当艾玛进来坐下时，这个老妇人挺直身子，微笑着，倒了一杯新茶。

"这些茶具是我全家从上海带走的，我们那时被迫，的确是*被迫*，回到这个国家。它们一路上都在我们的行李中，我们竟然是坐船回来的。它们对我格外宝贵。"

茶杯是天青色的精致骨瓷，上面有浅色的小坑，小小的菱形斑点，均匀点缀在杯子的侧面。

"我们总是把这些杯子叫作饭碗，它们不是用来盛饭的，而是说这种图案像米，特别是当你将它放在灯光下时，这些小坑非常细，非常精致，光可以透过它们。"

卡特太太倒的茶呈现出淡黄的光泽，茶水在杯中渐渐升高，艾玛发现小坑微微有些发绿。卡特太太没有过问，就加了牛奶和糖——只加了几滴牛奶和几粒红糖，几乎像没有加什么，几乎不值得专门费力。牛奶从淡黄色的茶汤中沉下，仿佛开出了一朵花，而深色的糖晶在茶汤中沉落时，仿佛刺破了内部的羽翼。银色茶勺简短悦耳的几下搅动之后，茶杯和碟子被递给了艾玛。

"这些是一整套茶具的一部分，你应该知道。以及，这些不会从你那个……你那个*系统*中传输的。它们会跟我一起走。"

艾玛没说话，她从杯中小口啜饮。她也说不出这是什么味道，但尝起来不错。

"你看，就是这些独特的物件让我担心。我已经老了，是的，你可别挤眉弄眼的，我比大部分人活得长。挺意外

第二章　单行道

的。我收藏了很多我那个时代的东西，也有很多是传给我的，意思是，让我来照料的。我简直无法承受，你明白吗？没法冒这个险。"

艾玛想，她此时或许应该同情地点点头，但她还是没有动，只是静静地看着，让卡特太太说下去，让她畅所欲言。

"我第一个想到的，自然是珠宝。是的，人们往往会首先想起珠宝。也不只是因为它们的价值，而是每件珠宝都有自己的故事，都有人与人之间的联结。但总之，它们占不了多少地方，只需要一个拉链皮袋，一个珐琅盒。"

艾玛笑了，她更熟悉这些事情。"人们总是这样。看起来有点逗，但他们还是要这样做。"她放下碟子和茶杯，"没事，别担心，我能理解。我完全可以明白这种感受。但仍然很逗。"

卡特太太诧异地看向女孩。

"因为——您没发现吗？珠宝也只是金、银和宝石！"艾玛又笑了起来，"它们是元素和化合物。普通的矿石。它们或许很宝贵，但它们实际上是所有物质中最简单的。每样珠宝的晶体结构都非常均匀、明确。在传输分析的时候，它们会十分漂亮得显现出来。你永远都能看到珠宝，它的数据点非常清晰、确切。"

"对于它们的物质特性，也许是这样的。它们从物理上来讲，或许是简单的。但你们的机器没有办法简单地分析出制造珠宝时的工艺技巧，也没法捕捉到个人的设计，那些熟练的打磨、敲击、温度，以及珠宝的历史。"

"啊，但那些都只是和位置有关的！"艾玛笑了，"这就是这台机器最擅长的，位置、方向、速度和相对的力量，精确到原子内部。这种技术真的非常厉害，而且非常*非常*精确。"

卡特太太完全没有受到艾玛的感染。

"但比如说书。"艾玛把头偏向一方，"现在，情况完全不一样了。书从本质上来说就是……一大块木头。"她用鞋尖碰了碰纸板箱，箱子上的茶具随之叮当作响，"把一只这样的箱子装满书，你就得到了箱子这么大的一块木头。非常沉重，也很复杂，因为所有书页都经过了切割和印刷，十分脆弱。而我有时会想……"艾玛向前探去，拿起一块饼干，若有所思地把饼干浸入茶中，"假如，假如一本书到达了另一端，但所有的文字都被搞乱了。但文字的总量没有变化，只是顺序都重排了。那么从本质上来说，这还是同一本书吗？我想，只要其中保留着同样的信息，其中的油墨、纸张、纸板或布面的封皮都是一样的，但只是——打乱了。或者所有这些文字都印到了一起，形成了书页中间的一个紧密的黑洞。但书中所讲的故事还在那里，在某个地方。而在某个时刻，这些文字的意义会浮现出来。当然，这种错误十分罕见，不太会发生，但确实是有可能的。"

卡特太太坐在那里，十分惊恐。

"我在跟你开玩笑呢，卡太太。"艾玛又笑了，"这不是这台机器运作的模式，这种错误永远不可能发生！永远不可能！这台机器不会以这种方式思考的。"她喝光了杯中最后的茶，然后起身。"事实上，这台机器不会思考，这才是美妙之处！"

克里斯托弗现在站到了她们身边，他看向放着茶盘的箱子，上面露出了一张纸标签。卡特太太拉出箱子上的标签，"啪"的一声把它撕了下来，然后立刻在掌心揉成一团。

克里斯托弗耸了耸肩，走了出去，艾玛步履轻松地跟着他。

* * *

房子外面，似乎平日的噪声已经回到了这个街区。艾玛站了一会儿，花了一些时间来观察这段时间周围的状况。

没什么特别的。确实有一只狗在沿街的某处叫着，也有叽叽喳喳的几只小鸟，和草丛中啁唧的虫子，以及远处车流的声音。一切都是如此平常。尽管艾玛认为它现在在那里并不能证明它以前就在那里，继续存在的东西并不是过去的可靠证据。假如世界的确发生了变化，那么这些动物也是异常迅速地回到了这里，异常迅速地接受了这些扰动。

最后的物品也被装上了卡车，艾玛爬上坡道，伸手去拿她的遥控器时，斯特凡关上了内部的门，她从门缝中看向隔层，随后车厢就关闭了，她的身体一僵，几乎要大叫着让斯特凡停下。

她看见了一张脸，在拥挤的纸箱和家具中间，有一张人脸，平静而凝重，严厉地看向她。而在那几分之一秒的瞬间，她立刻明白了这张脸是什么——一张巨大的肖像画。没什么。只是一张老油画，它华美的画框靠在其他东西上。没有肉体，只有亚麻籽油和颜料、拉紧的画布、木头和金箔涂层。

多么诡异，艾玛曾经在搬家公司干过那么多次，但她从未见过这样的景象。但她也很庆幸，至少自己注意到，她的反应和对细节的注意力因需要而极度增强了。她笑了。传输结束后，接收团队打开他们那边的舱门，会发现同样一张脸愤怒地看着他们，确实会被吓一大跳。

第二章　单行道　　041

艾玛锁住系统，又跑了一遍分析。通常的噪声从机器内部发出来，就像一台翻转的洗衣机，摇晃、滚动、甩干一大堆衣服。

艾玛看向大街上，克里斯托弗和斯特凡坐在一面矮墙上，边抽烟边聊天，一缕缕蓝灰色的烟飘向炎热的空气，散成细小的微粒，直到完全看不见。

随着一声粗暴的巨响，分析停下了，仿佛"甩干"完成后，卡车里的东西最终堆成了相当大的一堆。艾玛开始翻动页面，查找代码。

尽管她以极快的速度潦草地扫过这些代码，还是发现了异常刺眼的反常。她只在最初的训练阶段见过类似的错误，而且当时她看到的只是模型，是不真实的东西。但眼前的错误就像一整面黑白棋盘上，突然出现了一个颜色错误的格子一样明显。她的眼睛立刻就盯上了这处错误，它就像其他代码一样，由数字和字母组成，但它的存在就像是一整张完美的网上的一个大洞，就像袜子上的抽丝，就像一个伤疤。这处错误完全不合理，它的存在毫无意义。

艾玛就要去打开车厢门，但又停下了。她很好奇。这台机器已经做好了传输的准备，也没有发现什么问题，因为机器本身不会思考。只有她一个人发现了这种错误，如果这能被称为错误的话。假如她给出了传输信号，又会发生什么呢？机器的另一端会出现什么？她抽回手，盯着自己的遥控器，然后按下按钮，再次进行传输分析。

她看向卡车的侧面，同事们没有动，他们不是没注意到机器又在进行分析，就是完全不在意。对他们而言，注意到这些也没啥意义；他们的工作就是上货和卸货，而中间的过程和他们无关。

这次，分析停止时没有发出巨响。实际上，机器整体的噪声都没那么刺耳，变得更加稳定。当然，人的耳朵也适应了它们。有那么多相互重叠的声音，彼此之间逐步融入、淡出，没有什么东西是听两次都一样的。艾玛检查了读取数据，发现了一些变化。数据的顺序变了。信息还是那些，但展示中少了一些随机的数据，就好像机器这一次更加理解装在里面的东西，就好像机器改进了此前的扫描数据。但这绝对不是机器工作的方式。这台机器不会理解，在它看来，每次扫描都是新的、独特的，每次扫描在机器看来都是唯一一次。

这次，数据中已经没有反常了。艾玛又一次阅读了代码页面，但上面的数据极其清晰，没有错误，分析得堪称完美。遥控器上红色的二极管亮起来了，出现了一个清晰的连

第二章 单行道 | 043

接窗口。传输的准备工作已经完成。艾玛深吸了一口气,握住遥控器,然后按下了传输键。

又是那阵死寂。

似乎她短暂地晕过去了,她的感官是分别重现的,最后才能听到声音。艾玛的眼睛睁得大大的:卡特太太在草坪上着急地大步走着,细长的胳膊在头上方挥动着,嘴巴做出各种形状,但没有发出声音,好像她在奋力呐喊,但喉咙却按下了静音键。

世界的噪声慢慢地涌回来了。

"别传输,不要!你不能!我的爷爷!"卡特太太站在卡车的坡道上,她摇摇晃晃地越过艾玛,艾玛还是有点头昏脑涨,只能呆呆地盯着她。"我的画……我的画一定还在里面!你不能把它传输走!"

她把手放在车厢门上,顺滑、轻松地解开了车门上的锁扣。当她把大门拉开时,空气发出了短暂的抽吸声,门在完美平衡的铰链上回旋。但车厢内已经空了,所有东西都被传走了。卡特太太站在那里,盯着这片全新的空白。

"没关系,卡太太。没什么可担心的,看。"

"但他们怎么会知道?他们能知道什么?"卡特太太没看屏幕。她试着向前,想要进入车厢,但又突然将脚步抽了回来。

"其实，这非常简单，不需要他们知道什么。不是这样的。"艾玛试着再次让卡特太太看自己的屏幕，"你看，接收端的机器也显示了全部的分析，作为标准，而这些数据也自动地传回了我的装置；如果这些分析和我们自己的报告相互吻合，我们就可以确定，我们就能知道……"

"哦，别再说你那台该死的机器了，也别提你那些该死的分析、数据和连接！你真的不懂！"卡特太太转过身，沉重地走下坡道，"你永远都不会懂。那幅画是独一无二的，独一无二！"

艾玛耸了耸肩："每件东西都是独一无二的，卡特太太，所有东西都是这样的。"

卡特太太没理会她，她再次转过身来，刻意地竖起一根手指："你怎么能说一件艺术品，一件人们花大量心血、理解力、手工制成的东西，一件人们层层叠叠美化加工的物品，一件不仅由颜料制成，还超越了颜料的画作，一件不再是单纯的物质，而是被抽象为超越性精神的伟大作品，那么美，那么永恒——这样的存在怎么能被拆解为一个个原子，又瞬间在数百里外的地方被重组，那它还和原作一样吗？它会比假货还假，成为一件简单的复制品，成为原作的虚假呈现。"

"它不是复制品,不是这样的。"艾玛皱起眉头,眯着眼看向手中笨重的遥控器。"机器的复制是完美的,您明白吗?您自己也说了,每个原子都是一样的。所以它不是一件复制品,它就是真货。只是被——传输了。"

"不对,"卡特太太悲伤地摇着头,"不,它现在就是复制品了,仅此而已。它已经贬值了,失去了真实的完美。这幅画所谓真实的完美,是通过不确定而画成的不完美,是人们通过乱七八糟的颜色和可见的笔触,将这些混乱变成有意义的东西。"

"我觉得,您看见它以后就不会这么想了。"

"哦,这不再是他了。他从画上看着我的脸,但不再是同一个人了。"她沮丧地转过身,"我会明白的,我能感觉到。而且我越是不能证明,情况就越糟糕。"她开始走向房子,"他的肖像挂在我的墙上,像个骗子。仅此而已,一个冒牌货。"

克里斯托弗和斯特凡已经将电缆顺着绕线轮滚回了卡车上。艾玛看了一会儿,盯着他们把所有东西打包好。两个男人都故意无视刚才发生的事情。尽管实际上,什么也没发生。没什么不正常的事情。过了一会儿,艾玛把文件带进房中，让卡特太太签字。

老妇人正在把几个小箱子从楼上挪下来，看上去需要搬的东西还有挺多。她沉默地签好了合同。

"您确定可以自己处理这些东西吗，卡特太太？"

"是的。"

"我们很快就可以再传一批。"

"不必了，谢谢。"

"我们不多收费。"

"没关系。"

"这帮小哥可能会有点不高兴，但他们真的可以再传一次。只需要跟他们说一下。"

"没事，你们可以走了。你们已经做得足够多了。"

艾玛往后退了一步。她顿了一下，然后离开了，卡特太太的嘟囔声渐渐消失在身后。

"……应该用老办法的。老办法可不会出什么差错。用自己的双手搬东西，简单，大家都这么搬了几百年，几千年了，也没出过什么问题……"

卡车上的装备已经全部打包、固定好了。艾玛爬上卡车，克里斯托弗从窗外看向那个老妇人，她正挣扎着用手推车推着箱子，装进那辆从车库中探出车屁股的老式旅行车。

第二章　单行道

"她可没法把所有东西一次运完。"克里斯托弗把头偏向一侧,"我估计她至少得运三个来回,要花上好久好久。"

斯特凡探向前去,目光越过自己的同事。"她会把自己弄伤的。不能这样搬东西。她的发力方式完全错了,重心偏了,完全不对。"

"没准儿还得弄坏更多东西。"克里斯托弗启动了卡车,卡车发出了一声轰鸣,然后离开路缘,轻快地向前冲去。"也许不会。"

"她还有可能在路上遇到车祸,又会伤到自己。"斯特凡坐回去,"没准儿也不会。"

"是的,总有出错的可能。"

"是的。所有东西都是这样的。"

第三章 第一个，人

新的一天就要开始，而弗兰克是第一个感觉到的。他屋后的森林慢慢苏醒，升起一层薄雾，阳光和煦，小鸟啁啾，而他是第一个穿过这里的人。

森林红色的土地铺着长长的松针，显得柔软潮湿，这是经年的落叶缓慢累积而成的，但这层土壤如今却支撑着弗兰克的双脚迈出轻快、稳定的脚步。崎岖不平的石块和缓慢伸长的树根破坏了道路的平直，但弗兰克的跑鞋坚实地踩在上面，感受着路上坎坷的角度和粗糙，在他爬上山坡时，短暂地抓地、抬起。

弗兰克的呼吸并不疲惫。他的肌肉也没有开始疼痛，只是在意志的驱使下散发着温暖的活力。他的脚步安静地落在地面上，步伐稳定而不知疲倦。他看见一只小鹿从树丛中走出，跑到他前面的路上，在带着雾气的阳光中，他向小鹿靠近，它的形状逐渐变得清晰。这只鹿看起来十分平静，脚步不慌不忙，因此显得十分梦幻。它抖动着耳朵，听到弗兰克接近的声音，抬起窄窄的头，转头估量着身后跑者接近时坚定的决心。

鹿停了下来，又在一瞬间跳开，迅速地回到一种有意不协调的姿势，跑上了小道。但弗兰克紧随其后，发现鹿在这条小道上对路线的选择似乎也不比他好太多，看着恐惧和困惑在它的肌肉中荡漾，使它优柔寡断地从道路的一边跑到另一边；它高昂着头，耳朵折向后边，直到从密密的松树中找到一处缝隙，突出重围，跑到他视线之外。而弗兰克看也没看，就从同一个缝隙中穿出，没有减速，仍然在森林中穿梭。他不允许自己分心。

弗兰克爬上陡峭的河岸，双脚撕扯着一层苔藓，把它从土壤上薄弱的地方连根掀起，滚到了他的身后，但他几乎没有停下脚步，让自己不要滑倒。蘑菇围成了巨大的仙女圈，但只会在他跑过时被踏碎。他的脚掌踏过土地上柔软的腐殖质，留下自己的痕迹。没有什么能够阻挡他，也没有什么会阻挡他。他的存在高于一切。他是一个完人。他一定是所有生命的巅峰。即使高山也不会阻挡他。他跳过山峦，站在山巅。他的呼吸深沉而坚定，目光明亮，皮肤炙热。

他停下脚步，而整个世界也停下了。世界等着他的下一步行动。它在等他，从高山上走下来，开始漫长的下坡路。

＊　＊　＊

当弗兰克回到家时，凯西已经起床、穿衣，坐在餐桌旁。弗兰克靠在打开的后门门框上，脱下潮湿的跑鞋，把跑鞋挂在固定的挂钩上，把潮湿的长鞋带弄整齐，让它指向地上的红砖，她听着他缓慢、深沉的呼吸声。

凯西窝在桌子旁，后背顶着门，一只手握着一杯咖啡，另一只手懒洋洋地轻拂着一本月刊。

"准备好了吗？"弗兰克很快闻到做好的早餐，尽管没有看到早餐的踪迹。

凯西没有转头，只是点了点头。

"在烤箱里？"

"嗯。"凯西翻了一页，但没有读一个字，"只是为了保温，锡纸还盖在上面。你要是想吃就去吃吧。你跑得怎么样？风景如何？"

弗兰克没回话，只是站了一会儿，绷紧下巴，盯着妻子的后脑勺，她深色的头发随意地打了个结，用一块窄窄的红布条系在脑后。然后他转过身去，轻巧地爬上又窄又陡的楼梯，进了浴室。

他脱衣服时在镜中打量起自己，他一件件脱下衣服，让身体逐渐袒露出来。他的身躯平滑、潮湿，带着美丽的光泽。他对于欣赏自己美丽的身体毫不羞涩。他每天都在勤奋地锻炼，才能让身体处于巅峰状态。他也因身体的好状态而十分愉悦。而且，身体永远都是在此时此刻看起来最好，就在他晨跑结束后，紧致的皮肤上凸起优雅的肌肉曲线。

弗兰克让裤子滑到脚踝处，他的右侧臀部贴着绷带贴——十字形黄色医用胶带固定着一块方形的白色厚纱布。他试着剥掉绷带，揉搓着一条胶带裂开的边缘，但它仍紧贴着他的皮肤。他试着把手指塞到纱布下面。他感觉不到疼痛，一点都没有，甚至感觉不到伤口上细嫩的皮肤。他踏入浴缸，把浴帘拉到一半，把水龙头拧到精确的位置，他紧闭双眼，低头钻到花洒的冷水下面，咬紧牙关，屏住呼吸，等待温度的上升。

凯西进门了。

弗兰克听到了她的动静。他没睁眼，但像雕塑一样直直地站在已经升温的花洒下方，让水流过他短短的头发，流过他的身体。凯西盯着他看了一会儿，然后撩起裙子，坐在浴缸旁的马桶上。

"我以前就跟你讲过，我不希望你在我洗澡的时候上厕所。"弗兰克还是没睁眼，一动不动。听到马桶盖掀起和妻子坐下的声音就够了。"这里全是水蒸气，所以马桶水会散到空中，会和空气混在一起。太脏了。"

"那他们不应该把马桶建在浴缸旁边。"

"位置说明了正确的用法。"弗兰克开始在身上打肥皂了，"等一下也不麻烦，或者你也可以先来用厕所。"

"如果我需要尿，那么我就会过来尿。以及，在我们楼下装好另一个马桶前，我就会来这里尿。你知道我们可以再买一个马桶吧，轻轻松松。把你那个从来不用的老工具房改造一下就行。或者，你宁可让我尿裤子？"

"别恶心人了。你也可以到室外去。你知道你可以，反正也没有人看你。只有喜鹊和狐狸。"

"谢谢，但我去不了。"凯西向前弯下身去，她的额头几乎碰到了膝盖，"现在不行。"她稍微转了转头，看向他，弗兰克不算高大，"你老做那些运动，但可没变得更壮。"

"和身材无关，我做运动是为了……"

"健康。"凯西闭上了眼睛，"是的，我明白。"

弗兰克的绷带现在完全湿透了。他扯着绷带，掀起湿掉的部分，在医用胶带的边缘一点点打着肥皂，胶带脱落时拉扯着皮肤，下面显现出一条光滑的伤疤。

"他们这次拿了什么？"凯西皱着眉头，睁开一只眼，盯着伤疤，"他们把你的哪一部分又加入收藏啦？"

"这次？"弗兰克用手指碰碰伤疤的印记。他身上还有一些像这样的伤疤，在腹部，或者胸部的上方，或者脊柱的凹陷处。每处伤疤都很小，很不明显，几乎看不到。像是进入他身体内部的小钥匙孔，如今又被封上了。"这是很久以前的伤口，他们只是取走了一小块肉和脂肪。"

"我以为他们已经有了，我以为他们已经取走了那些……"

"他们有，他们确实取过，但他们想要再试一次。他们想看看结果有什么不同，你明白吗，第二次试验。"

"所以他们对你的肝也会这样做？你的心脏？会想要你更多的组织，这里切一块，那里切一块，然后从那台荒谬的机器里传输走？"

"有必要这么做。"弗兰克没理会妻子话中的苦涩，"他们得确定传输到另一端的还是我。"

"你的意思是，一块一块的，死掉的，你。"

"几乎死了。这些组织传输过去的时候是新鲜的。这非常重要，这就是关键。"

"还是听起来太像在水缸里溺死的金鱼了，或者从墙上摔下来的壁虎。所以你传输过去以后，会丢掉什么？出来的东西有什么毛病吗？"

"你从哪儿听到这么蠢的故事？"

"你，你亲口告诉我的，你不记得吗？"

弗兰克笑了："这些事情都是编出来的。它们确实挺吓人的，但都是我们机构的内部梗。"

"我听起来觉得挺真实的，描述得很详细。不像是你们这帮搞科研的会编出来的。"

"哦，你可能不会相信，这些家伙有时候想象力挺狂野的。"

弗兰克把花洒关掉，让剩下的水汩汩地从排水孔冲走。凯西站起来，冲了水。

"不管怎样，他们最近的方式都更有效了。"弗兰克开始擦干身体，"他们开始使用新鲜的精液，容易获得，也很好分析。我想，更好研究它的一致性。以及，精液不像其他身体组织，它存活的时间更长。精液里全是营养，懂吗？它差不多可以自我延续。"

凯西降低了视线："他们用——什么？"

弗兰克又笑了："你刚才说了，我的一小部分，迷你版的我。这样才比较合理、可行。"他轻轻揉着另一处脖子侧面的小伤疤,"真可惜,他们没早点想到这个办法。"旧伤在抚摸下仍然隐隐作痛,"但不管怎么样,这个方法是没什么副作用。"

"你从来没告诉过我这些事情。他们怎么能……"凯西向后靠着湿掉的瓷砖,"……把它从你身体中取出来?"

"他们有他们的方式。"弗兰克向前弯下身去,擦干脚,将毛巾的边角伸进脚趾缝中,"方法简单但有效,而且很干净。我真的什么都不需要做。"

"你的意思是,你可以为他们做,但不能跟我做。"

"你在说什么?"弗兰克站直身子,一动不动,凝视着她,下巴绷紧又松开。

"我就是想说,你和我在一起的时候,从来不想着……"凯西把目光投向浴室的窗外,看向森林,"但你为了他们,为了你机构里的哥们儿,嗯,你就可以了。我估计,你总能提供给他们这些液体,就跟水龙头似的。怪不得你觉得他们更……"

弗兰克的动作迅速而精准。他迅速地伸出胳膊,握住凯西的手腕,抓得紧紧的。她本能地挣扎,但几乎无法脱身。弗兰克把她猛地拉向自己,然后把她拖出了浴室,穿过楼梯平台，直接进到他们的卧室。

"不！"凯西奋力让双脚抓住地毯，仍试着从丈夫冷酷无情的紧握中挣脱。"现在不行！求求你了！我错了！"她身体的每一克重量都在拼命向后拉，但她只是伤到了自己，关节和肌肉只是在互相拉扯，"我只是在开玩笑。我不是这个意思，求你了，我不想。"

"现在不重要了。"弗兰克咬紧牙关，低声说。他把凯西推上床，一只手放在她的脑后，让她向前倒去，把她的脸按进床垫，"你现在想要做什么，或者不想做什么，都不重要了。"他掀起她的裙子，把她的内裤拽到膝盖以下，死死地环住她的腰，"这是男人对妻子的权利。这是*我的*权利。"

凯西很快放弃了挣扎。

她知道假如自己一开始没有阻止他，那么继续反抗就是徒劳的。如果她进一步抵抗，那么他就不会只是又推又拽地让她从命了，反抗只会让她更痛。她把脸埋进皱巴巴的床单里，闭上了眼睛。

"对不起，对不起。"她的身体也放弃了抵抗，她最讨厌的一点，就是自己对身体毫无控制力，她的身体背弃了她，而这种背弃本身又带来了解脱。"我不知道，我不是这个意思。"

"我的权利,男人的权利。"弗兰克沙哑着嗓子,断断续续地低声说。他的呼吸粗重,规律地在挺身进入的间隔,深深吸气。精准十分重要,控制和集中是他的首要任务,而凯西的抗议则与他无关。他的自言自语有助于集中精力,这些自言自语又变成了口中的咒语:"*男人的妻子。他的权利。你发过誓。你也同意了。*"尽管这些话不是对她说的,他的嘟哝纯粹是为了喃喃自语,仿佛这是他与自己的天人交战,他在试着让自己认同这一点,一直说下去,"*你也想要这样。你知道的。*"

凯西安静地躺着,她什么也不说,在这场争论中一言不发,这也不是她能参与的。她停止了挣扎,躺在那里等着,让他身体的每一波剧烈的起伏摇晃着自己,把脸深埋在棉质的床单里,直到脸颊再也无法感受到床单的柔软,直到弗兰克的进攻开始消退,他半推半就地离开了她,瘫坐在床上。

一段时间之后,凯西笨拙地翻到自己的一边。她看着弗兰克,他躺在自己身边,筋疲力尽,他的胸口缓慢地起起伏伏,持续不断,完美精确。凯西试探性地把手伸向两腿之间,什么都没有,只有自己的体液在逐渐变凉。没有感觉到精液，没有来自他的体液。

她打量起他的长度，查看着他的形状，她比较喜欢这个状态下的他，无力，不吓人，甚至有些温柔。

他曾经还会亲她。很久之前，他曾经还会注意到她，她的长相，她的穿着，她是不是剪了头发，或者稍微改变了一下造型。他曾经可以从她的一举一动、声音起伏中了解她的感受。他曾经琢磨着她的每一点细节，和关注自己一样，密切地注意着她的一言一行，甚至比起自己，更在乎她。他曾经让她欲火中烧，只需要一个眼神，一个关切、注意的眼神，他就让她感受到自己是被需要的。

"他们对你做的事情。"凯西想要伸出一只手碰碰他，但又收了回去，她的胳膊垂到床单上，"他们又准确、又高效地对你做的这种干净卫生的事情。他们可以——可以在这里做吗？你在我体内的时候可以做吗？"

弗兰克转头看着她，斜着眼睛，对视的眼神有点闪烁，仿佛在试探她是不是认真的，她是不是真的想试试这种方式。

"我的意思是，我们可以负担得起。我想的是，养个孩子。"凯西躲开丈夫似乎是厌恶的眼神，"他们给你开的工资，加上这套房子，此时此地。我们的孩子不需要更多了，我们可以好好把他带大。"

"我们可以的。"弗兰克僵硬地坐起身，仍然斜着眼睛，但没有看向凯西，"最终，我们是可以用自己的方式养孩子的，不需要任何干扰。"

"但现在，为什么现在不要一个呢？在你通过传输之前，以防万一有什么，你知道……"凯西咽了下口水，再次试着和他对视，"因为如果有什么意外……"

弗兰克叹了口气，猛地躺倒在床上。

"听着，凯西，什么意外都不会发生。你觉得那些测试是用来做什么的？所有这些保险，都是为了证明最后的结果不会和预想有任何差别。不然他们也不会去这么做了，就是不会。"

凯西听到这几句话，特别是那声"听着"，就知道丈夫的心中仍然有疑虑，有犹豫，或许甚至有恐惧。在她看来，任何人只要以"听着""看看"或者"现在看着这里"这种词强迫性地开始一段对话就已经输掉了争论，他们自己都不相信口中的话，试着通过贬低那些他们所要说服的人，来掩饰自己内心的担忧。

"而且，我不能让自己被孩子分心，也不能被孕妇分心，为了那件事。我需要保持巅峰……"

"是，是，我知道。巅峰状态，无论是身体还是心理，都不能有一丝烦恼，也不能有不必要的压力。"

凯西从床上欠身，然后站起来。但她的丈夫动作更快，仿佛是感到了她的意图，他飞快起身，把她推到一边，然后走进了浴室。

门飞快地关上了，凯西听到了门闩上锁的叮咣声。过了一会儿，又传来了花洒的声音。

凯西慢慢穿上内裤，整理裙子，下楼进了厨房。

* * *

弗兰克再次出现的时候，已经穿上了灰衬衫，配上了羊毛领带，拿着一只老旧的公文皮包，他的早餐已经准备好了，放在浅绿色的餐盘中等待享用。培根黑布丁、蘑菇煎蛋，都用厨房纸仔细地擦去了渗出的热油。

弗兰克吃早餐的时候，凯西坐在对面望着他。他埋着头，身体僵硬地向桌子弓去。她看着他仔细地把食物，把每样吃的切成小块，再把它们按照一定的顺序选出来，一层层地放在叉子上。她看着他时不时停下来，从杯中快速地啜一口咖啡，始终保持着前倾的姿势，连头都不抬一下，直到盘中餐吃得干干净净，只有几处油渍留在绿色的盘子上。

然后，他把盘子推到一边，喝干了最后一点咖啡，放下了咖啡杯。

"我在想，"凯西托腮凝视着他，用梦游般含糊的声音说，"他们从你身上拿走了那么多，有没有从你的脑子里取出切片？"

弗兰克与她对视了一会儿，然后缓缓地向前探去，凯西一动不动，等着他的脸靠近自己。

很奇怪，她看见他的手挥起的瞬间，但没有立刻作出躲避的反应。可能是因为他的表情，可能是因为她并没有看清他的意图。她不太相信他会做出这样的事情，尽管他的手挥动得极快。所以，当她感觉他的手掌扇上自己的脸颊时，甚至被吓得半天回不过神来，她扭动着身子躲避这股力量，头发像被一阵猛烈的风吹乱了，她所能想到的只是，这一下怎么能不疼。在被打的那一下，她并没有感到疼痛。疼痛，在那一瞬间，是缺席的、迟到的。留下来的只有惊讶，她惊讶于自己没有真正意识到即将发生的事情。随之而来的是一阵慌乱，一阵惊恐，但这些情绪来得太晚了，当她感到自己需要作出反应时，又不知如何反应，她只是觉得自己应该躲开，但又不知道何去何从。那一刻，自然而然地，她感到火辣辣的疼痛在皮肤上蔓延，撕扯着她的下巴，但她仍然呆坐在那里，因震惊而感到僵硬，一只手遮住张开的嘴，似乎要抓住自己的嗓音，那熟悉的哭声并没有到来。

弗兰克缓缓坐回椅子："看，我不知道你为什么这么想要和我对着干。"他把小臂平放在桌子上，放在空盘子的两侧。"这件事情上的所有细节，他们都已经想过了。"他盯着凯西，她还是没动，手仍捂着嘴，还是紧盯着丈夫的双眼。"总有人要做第一个，事情就是这样。"弗兰克微微移开了目光，"而你需要理解，他们如果不是完全确定，是不会做这件事的。"他看向她身后的厨房，寻找着自己还可以补充的细节，"而我的脑子很正常，非常正常。他们给我出了各种——测试题。每天，他们都会利用各种机会，反复测验我的记忆力。你都不能想象这有多累人。但我一直很够格，我从不让他们失望。我不能让他们失望。"

凯西又呆坐了一会儿，然后她感觉自己的呼吸慢慢回来了，柔和地，镇定地，她的肌肉也松弛了下来。

她心不在焉地用手指捋过头发，将头发抚平，拍整齐，然后从桌子上拿起脏餐盘，背对着丈夫，把餐盘放进水槽。

"你什么时候走？"

弗兰克低垂着眼，看着自己的手，开始抠指甲。"他们一小时之内就会来这里接我。"

"我的意思是，你什么时候传输。"

弗兰克皱起了眉头："明天，当然，只要我们收到传输信号。"

"我说的是——什么时候。"凯西把水槽灌满了新的热水，她倒了太多洗涤灵，一圈圈冲洗着餐盘，直到上面的绿色花纹被泡沫淹没，"我想知道，我希望可以想着你。"

"哦，"弗兰克短暂地思索了一下，"中午，大概是。但也能早一些，如果一切顺利的话。但不会更晚了。确切的时间并不是很重要，重要的是你什么时候，嗯，他们什么时候准备好。这才是关键之处，假如他们觉得一切……"

他又瞎扯了一会儿，但凯西已经不再听了。她把脏盘子放进水槽，又把手放进滚烫的泡沫水中，擦干所有的油渍和黑色的盐粒。

这个系统多么简单，把脏盘子放进去，然后用一点点热量和一点点搅动，再把它干干净净地拿出来。而水留住了所有污秽，把它们留在自己身边。在肥皂泡沫逐渐消失的时候，她就发现了这个系统，她可以看出明亮的油渍闪闪发光，悬浮在水面之下。然后，只要轻轻一拽铁链，把水池塞子拔出来，所有的污垢就会被冲走，冲进小黑洞中。一切都是这么简单，眼不见，心不烦。

* 　* 　*

当他们再次把弗兰克带回来的时候，已经是第二天的傍晚了。

厨房开着窗，屋内冷飕飕的，但凯西一动不动地坐在桌旁，目光空洞，并没有在看什么特别的东西，她观察着木头粗糙的暗纹，观察着窗户上溅起的无法辨认的污垢。

她很累，穿着一条旧裙子，布料厚重而舒适，肩上松散地披着一条蓝色的披肩。

即使她听到了汽车在长长车道上逐渐靠近的声音，她也没有移动。

她听见发动机空转的声音，车停在小屋外面；她听见门打开的声音，门口砂石小路上的脚步声。有人在聊天，丈夫在跟人道别，门"砰"的一声关上了，车再次启动时引擎轰鸣，然后声音渐渐减弱，消失。

直到有人在后门敲门，凯西才抬起头，不再只是把目光投向眼前的桌面。

弗兰克以前每次进门前都会敲门，这种礼貌是他的怪癖。但他已经好几个月没敲过门了，或许是好几年了。而当门打开时，凯西看见他站在那里，靠在门框上，仿佛被门框住了一样。他一开始没有进门,仿佛是在等待着什么,或许是等待她的批准。

但凯西还是坐着,她也在等待,当她的眼睛稍稍适应了弗兰克的轮廓,才发现他在微笑。而且不只是微笑,而是喜笑颜开。凯西缓缓地站起来,浑身发抖。

弗兰克进了门,凯西看到他,就不免倒吸一口冷气,几乎无法呼吸。他很美丽,当他靠近时,她也闻到了他身上的味道,那股清新的味道,自然而浓郁。

他握住她的手,放在嘴边亲吻着。

"你可以……"凯西从他完美的脸庞上移开眼睛,走向厨房的灶台,"你想要喝点什么吗?他们允许你喝什么?茶可以吗?你想要什么我都可以做。要不要吃个三明治?你饿吗?需要躺一会儿去吗?有没有什么……指示,或许现在你就需要一杯茶?"

弗兰克点点头,他的眼神异常明亮,让妻子领他坐到一把椅子上。他没有立刻松开凯西的手,凯西不得不把手从他温柔的掌心中抽出。弗兰克的手还在半空中,所以凯西把掌心覆在他的手上,引导他把手平放到桌子上。弗兰克没有反抗。

凯西转过身,拿起水壶,检查水壶里的水够不够,然后开始烧水。但她始终觉得弗兰克在看着她，他在研究她，审视她。

"我喜欢你今天的裙子。"

"这是条旧裙子。"

"我喜欢它从你的臀部垂下的样子，它很衬你的身材。"

凯西短暂地抬头望了下天花板，她的手抓住厨房台面的边缘。在她眼中的不是自己的丈夫，而是一个伪装成她丈夫的年轻人，这个人平和而天真，仿佛是一个旧相识。

她试着笑笑。

"你可以告诉我发生了什么吗？"

"当然。"弗兰克也对她笑了，笑得无比真挚，显得开朗而自然，"他们把我分解了，他们的机器，嗯，它把我分解了。分解成一个个原子，或许更小，谁知道呢？"他短促地笑了一声，"但我在一个封闭的洞中，有墙壁，有灯光……然后*什么东西*就把我分解了，它把我拆解掉，然后在同一个瞬间，又把我组装好。而我还不知道，不是立刻就知道。我也不知道实验是不是成功了，我感觉自己完全没有移动，但我已经被传输了。因为它把我组装好的时候，我已经在另一个地方了，另一个封闭的洞中，和这个一模一样，但只隔了几码远。传输非常完美,就是这样,它把我完美地组装了起来,无可挑剔,我恢复了本来的样子。"

凯西把厨房台面抓得更紧了,弗兰克注意到她的举动,他垂下眼睛,不再笑了。他起身,迅速而稳健地走向她,再拉起她的手,让她放松下来,把她的手拉向前面,紧紧握在自己的手中。

"看着我,凯西。"

她看向他。

"听着我的声音。"

她听着他的话。

"我有没有成为其他人?我还是我吗?"

凯西轻轻摇了摇头,又低下头,她想要走向前去,用双手环住他的腰,紧紧拥抱他。至少她有过这样的想法,她想象着自己在拥抱他,想象着自己的动作和感受。但弗兰克突然开始放声大笑,抽身而去。

"哦,但我让他们好好吓了一跳!"他回身坐在餐桌上,讲故事的时候,眼神闪闪发亮,"当我走出来,当他们打开门,哦,你真应该看看他们的表情。到处都是血!我的嘴唇上、胸膛上,从上到下。当然,我有点蒙,有点晕头转向,所以没看到自己身上的血。当时我在尽全力对抗晕眩感,让自己站在地面上，我当时满心只有这个，只有尽力站住。当然，最后他们发现，我只是流了鼻血，就这样。你知道，我已经习惯他们了。我年轻的时候，总有人说流鼻血是健康的表现，鼻血是涌出来的生命。但*他们*可不知道，毕竟对他们而言，血就是血。他们以为是出了什么天大的事故，但什么都没发生，只是流了点鼻血。我猜一定是因为我太兴奋了，我进去的时候超级紧张，完全控制不住。但我有很多血，*非常多*，流一点也没关系。"

水壶里的水已经沸腾，开始发出蜂鸣声。凯西把墙上的开关按掉，但没有泡茶。

"他们给你做了体检？"

"当然。"

"是全面体检吗？所有检查都做过了？"

"是的！"弗兰克又笑起来，"我挺好的，真的，状态绝佳。"

"那么……你还要很快回去吗？"

弗兰克皱了皱眉，但脸上的笑容没有散："你也知道，我还得回去。"

"还要这么来一遍？"

"计划是这样的。这次只是我们的第一次测试，如果只把流程过一遍,那就不算实验了。"

"但你不是非得回去,对吗?你可以说不的,你可以说自己不舒服,假如你这么说了,他们不会强迫你的。他们不会这么做。"

弗兰克诧异地看着她:"但我挺好的,我确实没什么不舒服,而且我没法撒谎说……"

"我不想让你再做一遍了。"

弗兰克沉默了几秒钟。

"但亲爱的,你知道我得回去,我必须回去。"弗兰克又一次向前,双手环住凯西的臀部,"如果我不回去,这对他们是不公平的。他们在我身上,在我们身上,投资了太多。我不希望你担心,但我也不能拒绝他们。你觉得我应该怎么……"

"你什么时候走?"凯西的声音中有一丝安静的紧迫感,一丝紧张的颤抖。她咽了咽口水:"我的意思是,再回去参与实验。"

"一周之内还没有安排,"弗兰克想了一下,"但我觉得可能会提前。我可以查一下。不过,你为什么想知道呢?为什么这么害怕?"

"我……我不知道,我只是……"凯西转过身,盯着厨房的地砖，它们闪着洁白如新的光泽，"或许没什么。"她伸手打开墙上插座的开关，很快水壶里的水又沸腾了。"或许没什么差别。"很快，水壶又开始蜂鸣。"或许可以再等等。"

第四章　试错法

围栏上一道道细细的竖杆由镀锌钢制成,有十二英尺高,顶上还绕着一圈圈弹性十足的铁丝网。

围栏那边是一道陡峭的土堤,堤岸的下方是一条混凝土浇筑的水沟,低矮的树木和荆棘沿着堤岸的近侧生长,新的根系缓慢而稳定地伸长,顶破混凝土,让它裂开一道道缝隙。

在对岸,在那片林地和缠绕带刺的灌木丛对面,是一片住宅区。从那里走出两个孩子,一男一女,放松而安静地走向围栏。

晨光熹微,前一晚没有云,早上的空气还有些冰冷。两个孩子一前一后,走在坑坑洼洼的小路上,蜿蜒着穿过树林,在荆棘中穿梭,他们脚上便宜的帆布鞋马上被浮土弄脏了。他们费力爬下陡峭的堤岸,格外小心翼翼,因为他们拿着一样东西，这样东西十分易碎，即使轻轻落地也会被毁掉，他们不得不交替拿着它，直到安全到达水沟。

或许爬围栏对于他们太高、太危险，但围栏的底部已经年久失修。几处的混凝土已经完全破碎，孩子们发现了一处洞口，像一个窄窄的通道，先是有兔子在这里打上洞，之后洞口又被一些大一点的动物拓宽了。孩子们小心翼翼地拿着他们易碎的财产从洞中钻出，来到了一片废弃飞机场的边缘。他们掸走衣服上的土块，女孩手上轻轻拿着一架玩具飞机，机翼在凉爽的晨风中不安地上扬。

女孩名叫安妮塔，她比男孩大一岁，也要高一些。她留着长长的黑发，发丝极细，当他们两个人望着空旷的场地时，她的头发吹拂过面颊。

男孩名叫罗翰，他的头发或许会和女孩一样细长、飘逸，但现在被修剪得极短，像刷毛一样直直地伸出。他双手插兜，听着机场另一边航站楼的声音，车辆来来往往，施工队不时发出叮叮当当的噪音，间或还有一两声吼叫或警报随风飘来。

两个孩子都紧紧盯住一座高高的灰色控制塔，倾斜的窗户环绕着控制塔的转台。他们眯起眼睛，观察着塔台的动静，寻找着蓝绿色窗户后面朦胧的人影。但什么都没有，所以他们继续向前，穿过潮湿的草坪，来到了最近的飞机跑道，距离围栏一百码左右。

安妮塔手中的玩具飞机开始晃动，仿佛要抓住所有上升气流。飞机造型简单纤细，机身是用细长的轻木榫头做成的，机翼则是上色的泡沫塑料。两个固定的轮子粘在结实的细钢丝上，组成了起落架。一根长长的黑色橡皮筋横跨机器的底部，从尾部的一个钩子到机头的大红色塑料螺旋桨。机头的螺旋桨也感受到了风，在气流中颤动，但由于橡皮筋的拉力，它无法一圈圈转动。

混凝土的跑道破破烂烂，长着黄花的野草从裂缝中探出。兔子沿着路边大摇大摆，寻找着蒲公英，但当两个孩子走近时，它就跑开了。

安妮塔跪在地上，把飞机举得很低，用手指绕着飞机的螺旋桨，她把头偏向一方，不让飘动的长发绕进这套简单的装置。

"你应该带根卡子，或者发圈之类的东西。"罗翰向前探身，入迷地看着女孩，观察着橡皮筋拧成一道道波纹，越缩越紧。

"我知道，"安妮塔头都没抬，"我已经检查过了，只是需要把橡皮筋留下用来做这个。"

"要不你用条带子来绑头发?"

"你有带子吗?"

罗翰想了一下:"我有鞋带?哦,等等。"他把手伸进口袋,拿出一方叠好的布帕,"这个怎么样?"

安妮塔停下了拧橡皮筋的手,看着在眼前摊开的浅蓝色手帕。

"干净吗?"

"我没用过,"罗翰把手帕递给她,"我随身带着,还没用过。"

"行……你来系吧,"安妮塔继续拧着橡皮筋,"别系得太紧,可以吗?"

罗翰站到她身后,微微弯下腰,拢起她的头发,不放过耳边的一绺绺头发。他用手帕在安妮塔的脑后绑了一个不会掉的简单蝴蝶结,安妮塔退缩了一下,但什么也没有说。

罗翰直起身,打量着安妮塔松散的马尾辫,对自己的手艺十分得意,又看向机场的建筑。新一天的活动已经变多了,从多层停车场的昏暗角落传来的车辆噪音更大了,喇叭响亮、引擎轰鸣。

他们在机场的另一头又建了一个这样的停车场。起重机来来往往,重物笨拙地落下时发出沉闷的声音,这声音好像

第四章 试错法 | 075

沉重的铁链贴在一起摇晃。而在一切的尽头,罗翰看见了汽车从双车道中缓缓驶出的反光。

"应该可以了。"安妮塔举起了玩具飞机,现在,橡皮筋紧紧地绕在飞机的中心轴下,"你觉得怎么样?"

罗翰耸耸肩:"我不知道,我只在卧室玩过它,只是让它动了动,但它太快就撞到墙上了。没有真正飞起来。"

安妮塔把飞机放在水泥跑道上,握住机身和螺旋桨,然后突然松手,快速地后退,给飞机一些空间。红色塑料嗡嗡作响,飞机很快就开动了,它以相当快的速度在开裂的跑道上冲刺、颠簸。飞机试着抓住低处的风时,显得十分轻盈,但没有明显的上升迹象,它冲了十几码后停了下来。

孩子们什么也没说,他们漫步过去,拿回了飞机。他们翻来覆去地检查,看看它的轮子是不是好用。然后罗翰开始拧橡皮筋了,他试着飞速地用手指转动螺旋桨,但他总是手滑,桨叶就会转回去,让他的努力付诸东流。他明白为什么安妮塔花了那么久,拧得慢一点、稳一点似乎是更好的方法。橡皮筋一圈圈拧动,波纹互相交叠,形成了一条绕得紧紧的橡皮管,而起飞的动力就来自这条双螺旋形状的橡皮筋。

风速慢了下来。安妮塔弄湿指尖,测试了一下风向。这次，他们试着把飞机直接送入风中，飞机又一次用纤细的轮子跌跌撞撞地向前驶去。但是这一次，飞机上升了。有那么一瞬间，飞机肯定从地上飞了起来，在空中摇晃了一下，然后无力地坠地，耗尽了橡皮筋最后的一点能量。

安妮塔笑了，手捂住嘴巴。罗翰也咧嘴笑了。两人跑去捡回了这架第一次成功起航的飞机。

"我们得想想办法，飞机需要更多能量。"安妮塔查看着已经松掉的橡皮筋。

罗翰热切地点着头："我们可以把几股橡皮筋缠在一起吗？"

"我觉得不行，它们会缠起来。而且，如果所有橡皮筋都断了，我们就没得玩了。"

她又一次开始绕螺旋桨。

罗翰没法反驳，他们只能利用自己手头的材料，一寸一寸地前进。太过努力反而会坏事。

建筑工地又传来一声巨响，紧接着是闷声的吼叫。罗翰探头看着控制塔，这座塔看起来比以前更加雄伟。他回头看了看围栏下面的洞，他觉得自己完全暴露了，但至今什么也没发生。没有人吼他们，让他们离开。甚至那些兔子也悄悄地回到了破旧跑道边缘的软草地上。

"以前，未经许可到机场这里是违法的。"

"我知道，"安妮塔的目光聚焦在螺旋桨上，"现在可能也不合法。你知道，而且这是私人用地。"

"如果有人抓住你在这里未经许可乱跑，他们可能会开枪打你。"

安妮塔点点头："我爸也这么跟我讲。"

"你觉得他们是从塔上开枪的吗？"

安妮塔耸耸肩："我猜是的。"

"但他们有没有在那里安排，嗯，狙击手？你觉得是不是有个人专职干这事？"

安妮塔停了一下，抬头看天，天空十分湛蓝，没有一丝云彩，也没有鸟。

"嗯，我猜这个事是交给安保团队的，肯定是这样，"她又开始绕螺旋桨了，"不是那些负责空中交通管制的人亲自做。"

"那你爸爸……他是不是得做这件事？他是不是还有配枪啊？"

"应该不会，他没说过。我觉得不是这样的，他不用负责这些问题，现在不会了。他只是检查一下设备之类的，不过这些事还是很重要的。"

"我知道，以防万一有人带炸弹。"

"对，尽管他们不可能带炸弹，这事不可能真的发生，我问过我爸，他说不会的。我妈也这么说。即使有人真的把炸弹带过去了，带到里面？也确实……不可能发生。我也不知道具体的原因。"

罗翰点点头。他低头看看长长的跑道，跑道尽头似乎有一点点上坡，好像是一条很缓的坡道。除非他的眼睛欺骗了他，毕竟这条路那么长。

"你觉不觉得，这么大一片空地有点浪费？就空置在这里，他们应该在这里造一个自行车乐园，或者板球场。"

"或许是规定不允许，有安全隐患之类的问题。"

"什么？他们怕板球打破航站楼玻璃？"

"嗯，是，或许吧。"安妮塔认真地看着他，但手指还在尽职地转动着螺旋桨。她有点掌握了诀窍，可以一直灵巧地转圈。手指不会太靠近螺旋桨的中心，也不会滑到边缘。"可能只是因为人，他们不想让太多人太接近这些建筑，什么东西都得有人看着，有人监控，懂吗？现在他们大概已经知道我们在这里了。"

"嗯，我想也是。"

"是的，而且他们或许不太在意，因为我们只是两个小孩，他们用那种超大的双筒望远镜就能发现，我们没干什么坏事，没有安全风险。"

"无论怎么样，他们到底会……"罗翰突然抓住了安妮塔的手腕，"嘿，小心点！你转得太多了！"

安妮塔低头，发现了几处打结，橡皮筋上形成了又小又黑的丑陋的结，橡皮筋在这里开始又拧了一圈。但她总感觉自己还能再把它多拧很多圈。所以她没有停手，而是狡猾地向罗翰笑笑。

"哦，你找到诀窍了！"男孩兴奋起来，"我们之前对它太温柔了，其实只需要多转几圈，转、转、转！"

橡皮筋上的不同地方开始随机出现结，逐渐填满了橡皮筋。很快，这些绳结看起来就不怎么丑陋了。它们有一种规律性，每一个都是以相同的应力模式形成的，直到最后整条橡皮筋看起来就像另一个螺旋，双重缠绕的。一个螺旋接着一个螺旋。仿佛它终于达到了应有的结构。

安妮塔仔细地把上了弦的机器放在地上，不停地抬头观察，认真微调飞机向前的角度。她利落地放飞，迅速放开双手，但或许是因为当时的风力太大，或许是因为能量太足，飞机并没有飞起来。它在不平的地面上颠簸了一会儿，螺旋桨向前栽倒。当它试图释放储存在橡皮筋里的能量时，愤怒地嗡嗡作响，转了一圈，机身着地。

罗翰冲过去，用手指勾住螺旋桨的塑料叶片，让它不要转动。他感觉有一点痛，然后这台机器就顺从地安静下来，不再移动了。

"地面太糙了，"安妮塔用脚掌踢着跑道，"如果是巨型喷气飞机就没问题了，它们的橡胶轮那么大，这条道就会显得平滑一些。"

罗翰点点头，他又已经开始转螺旋桨了："这就像爬过沙地的蚂蚁。"

"像什么？"

"就是说，我们觉得在沙地或者沙滩上走路，就很舒服、柔软，但如果是一只蚂蚁或者小甲虫之类的动物，就会觉得自己在爬过一座坚硬的石头山，就像我们的小飞机没法绕过这些坑坑洼洼。"

"哦，是的……确实是这样。"

他继续绕着。

安妮塔专心致志，看着罗翰慢慢旋转着螺旋桨，让橡皮筋逐渐绕紧，仿佛这是最关键的一步，仿佛罗翰可能会把这一步搞砸，仿佛他平静而谨慎的准备与一切息息相关。

但罗翰并没有盯着自己的手，而是心不在焉地抬头，看

第四章 试错法

向机场的方向。早晨的气温随着日光照射而上升，宽阔草叶上银色的露珠闪闪发亮，直到水滴逐渐蒸发，一颗颗消失，只剩下浓郁的绿色。

"我以前觉得他们会卖掉这里，"男孩睁大凝视的眼睛，"这里太大了，他们可以用来盖房子，盖一堆房子。想想有多少人可以住在这里，一起。"

"他们不会的。"安妮塔很想代替罗翰来绕橡皮筋，并不是因为他做得不对，而是她觉得自己可以做得更好。"爸爸说这里最终会盖更多的楼，航站楼、停车场之类的建筑。那些对旅行传输有用的建筑。"

"新设施，"罗翰加了一句，恍惚地盯着前方，"或许盖个旅馆，为那些准备好旅行的人。"他抬头看着安妮塔，"你会尝试一下吗？"

"嗯，不会，我就住在附近。"

"我指的不是住酒店，是旅行传输，这套网络。"

"哦，"安妮塔想了一下，"不会，我家没那么多钱。"她吸了口气，用手背抹抹鼻子，"还有，我不知道去哪儿。"

"但你爸妈在那里工作。"

"所以呢？我们也得花钱呀。"

"票有那么贵吗？我的意思是，到底要多少钱啊？这套设备需要多少能量？"

安妮塔耸耸肩："爸爸说票价最终会降下来的。既然我们有了新设备，还有新的预防措施，这种旅行传输应该很快的。但队伍超级长，我妈的工作一直很忙。"

"是说你不能穿衣服吗？假如你通过旅行传输的话。"

"对，是这样的，"安妮塔点点头，"妈妈就是干这份活儿的。她负责管理那些通过传输的旅行者，告诉他们旅行传输的原理、一些安全措施、旅行传输的感觉之类的事情。她整天不停地、一遍遍重复这些事情。即使对经常使用这套系统的人也得这样，就是那些生意人。因为法律是这么规定的。我妈觉得这个事情超级、超级无聊。但她还是得整天保持微笑。但，嗯，我知道你的意思，我也不喜欢这样，在陌生人面前光着身子。"

"是啊，但如果是在你妈面前，就没关系了吧？"

"为什么？你不会介意在我妈面前光着身子吗？"

罗翰咽了咽口水，把目光放回手中的飞机。他已经不知不觉地停下了旋转螺旋桨的手，也不知道停了多久。他重新鼓起精神，开始绕起螺旋桨。安妮塔的妈妈非常好看，而且这也是工作的一部分。

"但如果每个人都这样做，那其他人也得这样做。如果,嗯,这件事情大家都接受了。就像去看医生,或者在手术之前麻醉,让人可以对你戳戳探探,那或许就没什么问题。我是说光着身子这个环节。我不知道其他地方会不会有什么问题,我会很害怕,害怕有什么部件会……会失踪。"

安妮塔嗤之以鼻:"什么?你觉得你的蛋会失踪吗?"

罗翰没有笑,而是红了脸,但同时他也感到了一丝丝雀跃,似乎这个想法有点吸引人。或许不是这个想法吸引人,而是提出这个想法的人。

"啊,不是,实际上我想的是……手指头之类的。"罗翰举起飞机,一边说着话,一边缓缓地旋转,他感受着螺旋桨薄薄的叶片,一圈一圈,触感奇妙,但不会切开皮肤。"你知道,就像你只丢了一根小拇指,你从另一端出来的时候,似乎小拇指从来不在手上。你被重组以后,小拇指就失踪了。"

安妮塔眯起眼睛:"不过,我觉得这种事情不会真的发生。"

"当然有可能。"

"或许有理论上的可能性,但即便如此……"

"不,但假如理论上有可能发生,那就是可能发生。"

"不是这样的,"安妮塔皱起了眉头,紧抿嘴唇,"这可能意味着数据丢失，但数据总是会被保存下来的，你懂吗？数据是一直在的，不可能从电缆中间溜走。"

"那么，有一些数据可能留在电缆里，还在那里，一直保存着，但不是一口气就出来了。可能会有一些留在管道里，一直乱窜。"

安妮塔想了想这种可能性："但我没听说过这种事情，假如真的发生过，报纸上肯定满天飞了，我们就一定会听说。"

"但人们会掩盖这些，不是吗？假如你从另一端出来的时候，缺少了什么零件，他们肯定立刻就知道了。但他们会把你拖走，给你一大笔钱，让你闭嘴。"

"嗯……我想是这样的，"安妮塔笑了，"或许为了一大笔钱，丢点什么也可以了。你可能永远都不用工作了，还能一直过得超级滋润。只需要一根小拇指。"

"或者一根脚趾，少根脚趾或许更好。"

安妮塔观察着橡皮筋的进展，现在，她探身向前，从罗翰手中接过飞机。他毫不犹豫地把飞机递过去，小心不让飞机的螺旋桨转动。

安妮塔十分谨慎地琢磨着飞机的下次试航，有了个主意。她把这台机器举到肩膀高度，等待着风停。当风停止时，她把叶片松开，沿着跑道向前跑了几步，然后把飞机轻轻推到空中。

这次，飞机真的飞起来了，飞得十分优美，而且不是简单地滑行。两个孩子安静地看着，看着螺旋桨激烈地转动，推动他们的小机器在空中缓缓绕行，在风中微微升起和落下。他们为螺旋桨转了那么久，为缠绕在一根简单黑色橡皮筋上的力量而感到惊奇。而当能量耗尽，飞机缓缓下降，机头向下落在跑道旁边潮湿的短草坪上。

两个孩子跑过去拾起飞机，他们检查了一下，然后立刻又开始旋转螺旋桨。这次是安妮塔负责这项关键任务。

"飞机应该在空中待了一分钟，至少！"

"没，只是你的感觉而已。"

"但它的确飞了很久。"

"是啊，但绝对没有一分钟那么久。"

罗翰不说话了，在脑海中默默地数着。

终于，他点点头，十分确信地说："我猜或许有十五秒钟？"

"十五秒钟很好了，我们下次可以试着打破这个纪录。"

"我们可以好好计个时。"

"是的，然后再试着打破纪录。"

"好啊。"

两个人都开始集中精力地绕着；罗翰在看，但就和绕螺旋桨的安妮塔一样紧张。这一步很关键，基本无事发生，但之后的一切都取决于此。

直到罗翰发现自己的目光越过了飞机，开始盯向下方的地面。

他们现在站在跑道上，这里似乎最近才被修缮过：一长片平整的黑色柏油马路拼成一条宽阔的路线，像一条横跨水泥路面的横杠，连接着两边的草地。两边的草地本身也长得不太一样，在整个机场内延伸出同一条线。

"但如果数据真的保留下来了……"罗翰跟随着线的方向，走向机场航站楼，"如果数据还是在电缆里，到处游荡，那么我觉得它或许之后会泄露出来，就像，或许——它会进入另一个人的身体？"

"这也太荒谬了，难道我可以通过传输系统，出来的时候多了一根手指头？不会吧。"

罗翰沉默地思考了一阵子。

"比起通过传输后就有了我的蛋，多一根手指似乎要好些。"

他们都笑了，笑得安妮塔暂时松开了握住螺旋桨的手。他们笑着，然后突然沉默地看向彼此，突然两人都脸红了，移开了目光。

安妮塔把橡皮筋转到极限，她可以感受到橡胶在绷紧，上面的绳结已经叠出三层。橡皮筋已经紧绷到没有了橡胶的弹力，她也感觉到飞机木头支架上的张力。一切都是如此紧绷——坚硬，而又有一种整体性，把所有东西攥在一起，一动不动。

她把机器递给了罗翰，他小心翼翼地接过这件珍宝。安妮塔把手表转了一圈，准备给这次飞行计时。

罗翰面对着风，等待着正确的时机。然后，他用尽全力奔跑，双手把飞机举到头的一侧，一边跑，一边松开了螺旋桨，如同一个接力跑者在接棒前的提速。罗翰使劲一扔，放飞了飞机，好好推了它一把。而飞机翅膀抓住了涌动的风，让飞机高高飞向天空。但就在同一瞬间，又吹来了一阵风，让飞机向前栽去，但螺旋桨仍然疯狂转动，发泄着张力，推动着飞机直直地向跑道冲去。

飞机栽向跑道时，声音并不大，碎裂的噪声中带着一种轻快感，掉落的小零件在混凝土上弹开，螺旋桨的尖端拍打着地面，随着它剩余的动力慢慢耗尽，飞机无助地滚过地面。

罗翰双手抱头，安妮塔呆呆地站着，仍然抬着手腕，指尖紧紧按着手表的边缘。

二人一言不发，走向坏掉的飞机，一同捡起了它，拿在手上小心地转动，观察着飞机的破损。

飞机的轮子掉了，尾翼的一部分也不见了，他们亲眼看到这些零件在坠机时被弹开了。

"本来这些零件就不怎么牢靠，而且就是为了灵活性才这样装的。"

"嗯，我觉得我们可以修好尾翼。"

"螺旋桨有点磨坏了。"

"或许没什么大碍。"

"我们可以找把刀，把破损的地方磨平。"

"当然，试试这里的木头。"

安妮塔试探性地撅着飞机中间的木梁，看上去并没有被撞击破坏，她也检查了机翼的结实程度。

"我觉得没什么大问题。"

"是的，确实。我们真走运。"

"我们只是转得太过了。"

"我没想让它飞那么高。"

"我知道，不是你的错。我们也不知道会这样。"

"是啊，你还得尝试一下。"

他们缓缓地走回了围栏，在路上捡拾着散落在地上的飞机零件。

"有时候，事情确实会出问题。"

"是啊，如果不出问题，你永远不知道该在什么时候停手。"

"我们如果不试试，就什么也做不成了。"

"对的，而且我们那么小心。"

"我知道，其实飞机也没有那么糟糕。"

"对，是可以修好的。"

现在，这一天真的开始了。航站楼上笼罩着一片黄色的雾气，旁边的建筑工地上蒙着一层尘埃。不断有沉重的交通噪音和偶尔响起的喇叭声在多层停车场回荡，还有喊叫声、演习声和断断续续的警报声，以及金属与金属之间撞击的深沉回响。

但两个孩子并没有注意到这些，只是小心地捧着玩具飞机的碎片，把它从围栏下面的洞口处递出去，然后顺着洞口钻了出去。之后，他们爬上了干涸的土堤，从低矮的灌木中穿出，向着住宅区走去。

第五章　寻找圣杯

毕竟，她比他强。是的，他因为那么多理由爱着她，都是些寻常理由，没那么复杂、日常的理由，但他爱她超过一切。因为他从内心深处觉得，她比他强太多了。

也不必找寻内心深处的感受，她做的每件事都能体现自己的优秀，无法掩盖自己的光芒。她越是试图掩盖，越是想要显得谦虚，她的光芒就越是耀眼。至少对他而言，二人之间没什么竞争关系，她就是更好。过去如此，未来也将如此。

*　*　*

她叫简。

"简妮，求你了。没人管我叫简。"

她叫简妮，他在大四的一场聚会上。聚会是由她的几个室友主办的，而她一个人在自己房间的角落里，坐在床上。他走进了这个房间，他从不喜欢聚会。

她读着一本书，封面是深灰色的，没有图片。他连书名都看不懂。

"或许因为这是本德文书？"

她在母语之外，还懂好几种语言。他只懂一种——数字的语言。他进门时，她把书放到腿上。

"如果你愿意，可以留在这里。"

他坐在她的床尾，问她这本书最好的译本是什么，这样他也能读读看。

"任何作品最好的翻译永远是自己，你不觉得吗？"

他疑惑地望着她，她的表情颇为认真。

"我的意思是，假如译文不太能表现原文的深度、复杂度和美感，为什么要把这些文字翻译出来呢？我觉得，把你自己'翻译'成一个可以读懂这部作品原意的人，可要好太多了。"

从那一刻起，他就被击中了。是她从容的气质吸引了他，她有一种温柔的自信，不含任何伪装。

"那你的数字呢？你希望用这些数字做点什么？"

此时此刻，他确定自己爱着这些数字，他与数字亲密无间，凭直觉就能理解数字，但他对这项技能没做什么规划。他只是擅长数字。

"或许你也可以'翻译'一下自己，我想，译成数字。"

是啊，就是这样，她又说对了，这正是他会做的事情。

"然后别忘了，你要把自己'翻译'回来，这一步很关键。"

而且不只是自己。他会试着把万事万物简单地"翻译"成数字。是的，这看似如此显而易见，清晰可寻，他会把这件事作为毕生的目标，作为自己的冒险旅程。

"它可以成为你的圣杯，如果你找到了它，整个世界都会感谢你。"

他十分确信，确实会是这样。

* * *

但他也有自己的怀疑，有关简妮，有关自己。他从不明白为何她和他一直在一起，而他比她差了那么多，两人的数字并不匹配。即使在二人的蜜月旅行，当他们躺在国外酒店的草坪上，观察着陌生的星座时，他也在想，简妮等等另一个人，或许是更好的。

"我接受你？你接受我？这些只是文字，而婚礼只是一场仪式，而且是人造的仪式。而有人的成分在，就可能会降低它的可信度。而上帝如何看待这一切，则是完全不同的。你或许自己还不知道，但上帝肯定会同意，我确定他会，只要他看到了你的内心。"

然而他的数字似乎无法将上帝考虑在内。

"或许你的数字也是上帝。假如你不那么固执于这个想法，或许上帝和你都在使用同一种数字的语言。"

或许是这样的，或许数字曾是所有人类的原始语言，而某一天，又会成为共通的语言。这种语言一定会带领他们通往天国。

"因为上帝如此爱着这个世界，他允许我们以他的名义破坏他。至少巴别塔让我们所有人都有了一个目标。这是一项可以消磨时光、共同奋斗的事业。"

除非数字出了什么问题，某人的计算不符合标准，那么一切都将摇摇欲坠。

"所有那些光芒万丈的新语言，那些不同的人，都是为了帮助我们，而不是阻碍我们。他们不仅带来了不同的发音，也引入了不同的思维方式。而且，如果我们可以学会这些发音，我们也可以学会另一种思维方式，这样一来，我们就能更好地相互理解。而且，或许最终我们可以回去重新建起那座巨塔。"

不过，他想，如果一座塔要达到那样的高度，应该需要一片无比巨大的地基，工程量简直无法设想，这是不可能的。

"如果你去问最初的星星，或者地面上冷却的石头，充满生机的大海，那么人类的存在似乎也是不可能的。但我们如今站在这里。"

* * *

他在机构中负责分析，他负责一台可以看透人体的设备，可以在不动手术的情况下，检查人体的每一部分。

他研究数字方面的运作。整个团队已经造好了基本装置，通过这些装置，所有东西都可以被看穿，而他的数字要决定设备如何理解和解码观察到的事项，以及如何将信息有效地转达给操作者。在分析层面，一切都是数字。

他的任务是把一切数字换算成一种可以读取的诊断程序。

"这个词真有趣：诊断（diagnostic），你不觉得吗？分开（di）和不可知（agnostic），穿越（dia）和灵知（gnosis），斜向（diag）和嗅出（nose）。dia 代表的是穿越，但不仅仅是穿越，这个词本身就有一种完整性。而灵知（gnostic），箴言（gnomic），地下的神祇（gnome），嗯，它们代表理解、认知。不过，谁又能说自己确切地知道什么呢？毕竟，人们只能做到判断。所以，无论你的诊断有多好，也只是一种评判，一种最佳猜测。而判断的质量则和判断者的能力息息相关，但谁又能判断判断者的能力，来看他，或者她，或者它能否做出这种判断呢？世界上只有一个真正的判断者，他把万事万物放在自己宽广的胸怀中，至少在这些数字问题上是如此。"

不过，这正是他们的理念：要制造一台不仅仅是法官的机器；要制造一台在认知上无懈可击的机器。机器的诊断迅速、利落、完整、绝对。

"如果你不知道如何解决这个问题，那么了解这个问题并没有什么好处。"

或许是这样吧。但他们总得从某处开始，或许机器也可以解决这个问题，一次性地？不过，这就需要他们改变工作的方向了。

"这将成为一座真正的圣杯，是值得为之奋斗的事业。"

他不知道她是不是对的，但他很快就在这场旅程中分心了。在机构的另一个分支部门，人们在研究灰尘、原子、微观元素。他们在把这些东西从一圈圈的电线中传输出去，沿着一圈圈细线，到达一个与目的地不同的地方，仍然维持着这些物质的全部属性。

但他们怎么能够确定，当这些元素的属性完全相同时，这些传输出去的元素就是同样的元素？况且这些元素如此之小，电线如此之细，他们怎么能够确定，它们有没有以通常的方式在线圈上行走，或者根本没有发生任何特殊的事情？

他们需要传输大一些的物件：一粒盐、一颗糖、一个小钢珠。根据他们计算，事情是可能的，但他们的机器深度分析的能力有限。因此，他觉得自己可以帮他们一把。

回家以后，他告诉简妮这些新发展，而她突然变得十分严肃。

"我们还有多少钱？最新的数字是多少？"

他给她看了最新的银行卡存款。

"尽可能多买一些你们机构的股票，能买多少买多少。动作快点，即使你能买的不多，也要尽快行动。明天就买。"

他听从了她，因为简妮总是比任何人都目光长远。她懂得那么多语言，那么多种思维方式——她不需要掌握他的数

第五章　寻找圣杯

字技能，就能解码周围的世界和认识的人。她一眼就把人和事，过去和未来看得极为透彻。她了解他的想法，也能预测他的行为，以及行为的后果。

"就像我总是说的，互相交谈、互相理解的语言越多，思想的方式就越多样。"

所以两种技术结合在了一起。

* * *

机构的人来了，在他的地下室安装了一对烤箱大小的机器，让他用来做实验。他坐在旁边，直到深夜，思考着如何让这台新机器更好地理解传输的物质。

简妮最近扔了一件她曾经最喜欢的宽松针织开衫，因为一根线被扯开了，让毛衣变得很丑。他决定把这件毛衣当作实验对象。复杂的有机毛料加上有规律的毛线样式，使它成为一个有趣的分析对象。

他把开衫放在其中一台机器里，让它传输到另一台机器，然后重新检查了它的柔软度、舒适度和开襟的类型。这件开衫没有变化，即使那根扯开的线也和原先一模一样。

"作为翻译，经常要面对的问题是，我是否可以改变，甚至改正一些翻译的文本，使其在新的语言中更加合理？或者我应该让文本尽可能符合原文的意思,即使这样会把译文的表意变得十分模糊?理解一样事物,除了它仅仅是它所是的事物之外,还有什么意义呢?更重要的是,我还是不打算穿它。"

这正是他误解这台机器的地方,他在尝试教机器理解事物,但机器并不需要理解,它需要的只是行动——去分析、解开,再重制。而不是理解,这台机器不需要改变,不需要提升。

* * *

但是,就在他们觉得有所进展的时候,机构的工作突然停滞不前,而且都是因为武器化的风险。他们的机器刚刚可以有效无误运转的时候,就不得不让整个项目停摆,立即停摆。

每个人都知道,假如这一套系统有被滥用的可能性,那么肯定会有人滥用它。传输一颗炸弹,传输一个携带炸弹的人,或者一支枪、一把刀。直接传输,直抵问题的核心,这台机器会让战争变得更加简单。假如这种情况真的发生了,机器如何能够辨别这些危险,分解这些零件?如何能够阻挡这些威胁?

"这是你的机器,你当然可以告诉它需要做什么,不能做什么。在翻译中,我可能有责任诚实地呈现原文,但我不是所有翻译都得接。我会事先阅读原文,如果我不喜欢它,就放弃。"

事情就是如此简单,他们有一台可以完美分析事物的机器,从内到外。机器并不需要理解意图,或者解决问题,甚至阻挡危害,但它可以识别。识别是机器最擅长的事情,而且它能识别不应该传输的东西,它可以不必传输。它可以拒绝。

问题解决了。

* * *

他们从群山环抱的山谷里找到一栋房子,在一条弯弯曲曲小路的尽头,离群索居。房子很大,周围的地产无比广阔,但他们买下了它,也买下了围栏、田地和一群牲畜。

他们有个女儿,但当他们送她上学时,她还是回了家。

"因为她不喜欢和其他孩子相处,也不喜欢外面忙碌的世界。太多想法,太多喧嚣,她无法融入,也无法在这么多孩子面前说话。但她看得见,那么多想法,那么多噪声,她知道它们的存在,即使她听不到确切的话语。"

所以他们在家教育女儿。

父亲教她事实，事物的真相，所有可以推理和了解的东西。母亲教她观点和理解，世界无法言说之处，无数的神秘角落。

* * *

简妮开车送女儿进城，去逛美术馆，这是她不可缺少的一课。她们都喜欢漫长而无忧无虑地兜风，在空荡荡的马路上。在城市里驾驶也是乐趣的一部分，没什么严重的堵车，红绿灯从容地闪着，指引着几个马路上的人走向正确的方向，停车位也很好找。

不过美术馆本身有点拥挤，人们从一个房间走到另一个房间，欣赏着艺术。

"在这里你可以一瞥事物的曾经。油画很珍贵，永远不可能被传输。它们是固定的点，需要由人负责移动它们。"

参观者从美术馆的不同区域走进走出，人数一直保持恒定。

"它是理智在这个世界上的小小残片，而世界的思想正在逐渐变得狭隘、自我中心。这个世界正在变得越来越狭窄，越来越拥挤，越来越纠结，越来越混乱。"

回家的路上，她们逛了一个市郊新开的巨型超市，这里有各季的食材，从世界各地送来，直接运到这里。这家超市有自己的运输枢纽。

"不要相信他们宣传的新鲜，每次都要读标签。人不应该吃任何太容易得到的东西，还是得多花点精力，买本地采摘，使用传统工艺保存的食物，它们是最好的。多花点钱也是值得的。"

她们离开了，经过排长队的顾客，他们的包里鼓鼓囊囊地装满了外来的食品，慢慢挪向拥挤不堪的出口。

"提供价格低廉的产品也帮不了他们，只会让他们变得更穷。只会让他们更加不珍惜所得，不假思索地浪费。更别提这些丰富食物对他们粗俗内在的影响了。"

* * *

他们的女儿喜欢枪，她喜欢枪支的准确，喜欢枪支如数学一般的目的明确。她常常和带枪的隔壁农场男孩一起出门。

她喜欢从远处射击，特别是兔子，因为你打到的兔子永远不嫌多。无论你射杀多少只兔子，总有更多兔子源源不断上门。

她的父母并不介意她对这种血腥运动的热衷。只要她开心，父亲就会开心，她的母亲也十分坦然地接受了。

"明智的人总会把握事情的发展，因为事情很容易失去控制。"

因此，当他们的女儿对军队提供的可能性产生了更大的兴趣时，他们鼓励着她的雄心壮志，积极地认同她的选择。

"这个世界依然如此不堪，糟糕的事情一定会发生。假如奸邪当道，你就需要主持正义。而我们只会责备自己，因为我们创造了这种糟蹋世界的方式，也创造了荡涤污浊的方式，而你应该对此做出准备。我们目光短浅，思维简单。"

* * *

在一个寒冬，简妮患了癌症，被查出身体里布满了癌细胞。她继续假装一切都很好，实际上一切都很正常。

"为什么不这么做呢？虽然抱怨也很正常，但那么多人都得了癌症，为什么不会是我呢？"

圣诞节和原计划一样度过，家人们交换了昂贵的礼物，比如皮革装订的书、彩色的盘子和可以喝热红酒的精致的银色高脚杯，还有淡蓝色的羊绒手套，以及紫色丝绸制成的刺绣手绢。

"因为我们不应该购买那些不会被保存下来的东西,或者那些可以被轻易替代的东西,送这些礼物有什么好处?"

然后,她坚持亲自下厨,当他们吃完饭后一起躺在火炉前,在夜晚柔和的彩灯下听圣诞颂歌时,她的丈夫疑惑地问她,怎么能一直这么平静。

"因为我确信你能解决,也将要解决这个问题,你的机器可以发现问题的所在。而你需要做的就是找出一种方式,把出问题的部分传输出来。或者你可以把我传输出去,但留下那些我们不想要的部分,这就是你为之奋斗的事业。"

但事情并不像那样简单。

* * *

她的丈夫试着寻找一种方式,拆解他的实验,回到原先的路径上。

他制造了一台机器,当它发射声波时,不明白它所听到的是什么,只是让声波通过和返回。

机器只能倾听和重复。

"听到,并重复(Écoutez et répétez.)。听到,并重复

(Slushaĭte i povtoriaĭte.)。听到,并重复(Zuhören und wiederholen.)。"[1]

它无法理解什么应该或不应该构成一个目标、一样物体,或者一具躯体,不理解什么样的成分是正确的、良好的、最佳的。

机器的方法是整体的,所见即合理。机器的方法是纯粹、真实的,如数字一样纯粹、真实。

"但通过观看,机器一定可以区分,它懂得数字和原子的语言。一些癌细胞是这样的,另一些是那样的,机器当然能够把它们识别出来。"

机器确实可以,它也这样做了,但还有一个附加的规则,那就是如果通过分析确实检测到某些不好的物质,那么身体这一整体就会被拒绝。它只能做到这样——传输或不传输。没有半点转圜的余地,没有部分传输的选项。

"但这台机器是你创造的,你可以告诉它应该做什么,不应该做什么。你发出指令,控制它的行为,以及如何处理自己的发现。这样,你就可以创造一个全新的机器。"

的确如此,这是可能的,如今他尽全力实现这个目标。

---

[1] 以上三句分别为"听到,并重复"的法语、意大利语、德语表述。

第五章　寻找圣杯

但如今的情况已经和他数年前开始工作时不一样了，他的思维已经有些僵化。他终于找到了最佳的翻译方式，避免了一切歧义和错误。他的想法已经不如曾经那样流畅了。

他的数字也逐渐停滞不前，他不知道如何让机器做任何没有做过的新事情，也无法让机器理解既要保留一些物质，又要除掉一些物质。

"毕竟，要用什么填补这些新的空白呢？皱皱巴巴的报纸？一团团的毛线球？还是不成形的泡沫？"

* * *

简妮把寻找治疗方法的任务交给他，因为他要像以前一样，重新捡起这项早就放弃了的寻找圣杯的冒险。但是，尽管她努力追求光明，追求每天的快乐，有时简妮还是会动摇，有时她只是觉得非常难受，她会缩在自己的房间，静静地躺着，等待以前的她重新出现，通过这个陌生的新自我浮现出来。

"至少，到了最后，这个世界上会少一个人，减少一个让世界变得更加混乱的用户，我会被永久地移除，之后或许会有另一个人填补我留下的空白。"

机器上的工作仍在继续，机器本身也被调试得更加精准，在单次使用中变得更加复杂。人们对让机器认识事物整体的本质有了新的信心，这意味着人们不再需要忍受裸体传输的羞耻。机器的噪声也变得安静了许多。它发出的声音中甚至体现了新的精确感——这是一种细细的嗡嗡声，好似在用激光瞄准目标，而不是用老旧的霰弹枪。

"这仅仅意味着更多人想要使用它，因此它的延迟仍保持在旧有的水平。没有什么实质性的改变。它也并没有翻译人们的处境，我们只是以为我们在向前，只是看起来如此罢了。其实我们只是走向了岔路，不断地兜着圈子，回避着让人不快的地带。"

简妮的丈夫不断奋斗，不断失败。简妮自己也只能卧床休息，她太虚弱了，只能起身读一读手边的书。

"最后，至少我可以翻译自己，最后一次。回到土地，这样我会更加了解这个世界。"

* * *

他们的女儿在国外服完兵役回家，她的语言能力让她变成了一个优秀的旅行家，而在军队看来，这是一项可贵的品质，因为她可以理解敌人。

"你认识了多少人？你找到了多少条路线？你在那些遇

到的人中打开了多少条通道?"

传输网络让她可以更轻松地忽略她不喜欢的地方,越过肮脏的困境,直抵问题的核心,解决眼前的事情。

"这个世界因为你的存在,是否变得更加美好?你多少次惩罚坏人,维持正义?你用什么取代了自己所消灭的东西?"

但这只是一次短暂的相聚,世界的问题不会因为她在休假而消失。任何问题被发现的难易程度,只与它扩散的难易程度相当。

* * *

简妮醒着的时候,她的丈夫一直坐在床边。

"当人们书写你伟大的传记时,他们会提到我。他们会说我是那个让你多年以来一直十分幸福的小娇妻,我不介意,我不介意他们从不了解我。"

但他十分确定,即使他们从来不问,他也会笃定地告诉他们,他会说出所有。

当简妮睡着时,他又回到了自己的数字中,这是他能做的一切,也是他擅长的唯一。她请求他这样做,他无法拒绝。

假如他可以通过某种方式翻译自己,更加努力,试着变得更好,找到他一直以来所要寻找的东西,那该多好。

"麻烦的是,从来都没有一座圣杯,圣杯是一只杯子,没什么魔力,就是一只普普通通的杯子。假如你在寻找一些一开始就不在那里的东西,这种追寻就是毫无意义的。但世界上总有其他杯子,看得见摸得着的杯子,被人遗忘的杯子。"

但他仍然无法停止寻找,他无法背叛自己的誓言,也没法轻易做出改变。他和她不同。

从内心深处,她比他强太多了,他知道得清清楚楚。她方方面面都胜过了他。

他因此更爱她了。

第六章 一场误会

弗洛推开洗手间黑色的旋转门,偷偷溜进去。她的心怦怦跳,感到头晕脑涨、心神不宁。她花了点时间,在一小排洗手台旁稳住自己,深沉而缓慢地呼吸,她的时间不多了。

洗手间的灯光很像酒吧,一圈圈粉色和绿色的霓虹灯让弗洛的脸在巨大的椭圆形镜子中显得十分诡异,仿佛不属于这个世界。

她打开包包的拉链,在中间翻找着,找到了一只小的方形设备,掏了出来。这个设备不比香烟盒大,薄薄的金属外壳呈现出干净的亚光黑色。她从中取出一盘迷你磁带,将它靠近绿色的灯光,看看磁带条是否完全倒回了,然后又利落地把它放进机器,轻轻地扣上盒盖。她用指尖将红色的小录音键向上滑动,直到它被锁住,然后屏住呼吸,将设备放到耳边,没有播放的嘶嘶声,只有微弱沉闷的绞盘慢慢旋转的嗡嗡声。

弗洛非常小心地把设备塞进包的一个外口袋，拉紧拉链。她闭上眼睛，握紧拳头，长吁一口气。

几周以来，弗洛一直试着争取采访到交通大臣，但她的每次请求都被拒绝了。她习惯被拒绝，也理解拒绝的理由，毕竟自己只是一个没什么资历的小记者，既不认识人，也没有自己的势力。她这些天以来一直在给基层官员发一些礼貌而坚决的信息，但他们从不给她回电话，她也一直等候着那些穿棕色制服的紧张男子，但他们总是匆匆地离开市政大厅。但弗洛一直坚持着，毫不动摇。

今天的冲突比往日还要糟糕：她跟着想要采访的人，一直到了镇上的这个奇怪的街角，而对方最终背叛了她，而且当着其他消息来源和记者的面。她真的把对方逼问得如此紧张吗？不，她觉得并没有，但他说出的话，他称呼她的方式，仍然让她感到痛苦，她必须得灌下几杯马天尼，才能暂时忘掉这种感受。

不过，今天仍然不算太失败。因为在这个偏僻的地方，她看到了一个比她渴望采访的任何一个小镇官员都要有趣得多的人。一个在这个行业中更深入的人。一个她做梦也想不到会遇到的人，至少不是在正式场合会遇到的。更妙的是，

第六章 一场误会

从她偷听到的他与酒保的聊天来看，他是个健谈的人。

弗洛盯着镜中自己暗淡的黑眼圈。即使她本人也认不出自己是谁，自己有何目的。她从包中掏出了一根黑色的圆管，拧开盖子，转出柔软的红色膏体，靠近镜子，用哆哆嗦嗦的手厚厚地涂了一层口红。她希望自己的妆容更加张扬一些，于是用同样的方式涂了睫毛膏：让睫毛刷在睫毛上反复涂抹，直到睫毛变得僵硬。是不是有点过了？或许吧，或者这是必要的。她掀起衬衫，调整了一下短裙，把腰带向上提了提，多露出一两寸的大腿。机会难得，值得一试。

她拉上包包的拉链，看了下手表。只过了几分钟，她想了一下，进了一个开着门的隔间，拉了拉链条，然后又穿过旋转门，进入酒吧。

她错过了什么？酒吧里出现了什么变化？她一边走，一边随意打量着房间。

一对情侣在昏暗的角落里安静地拥吻。一个穿着灰色长雨衣、戴着帽子的独行者坐在出口附近，折好的报纸和一杯没动过的波本酒放在面前。还有一个身材高大、颧骨突出、头发稀疏的老人坐在吧台前，与酒保聊着天。

弗洛回到这里时，没人看她，但她记住了所有人。每个人都是从犯，是她正在快速编造的故事中的一个肮脏角色。

她回到了自己吧台前的座位,与那位老绅士隔开几个吧台凳,她那杯喝了一半的马天尼还在那里。她小心翼翼、神情自若地拿起包包,放在吧台上,包上不显眼的长方形隆起背向自己。

音乐响起,是安静的背景音,爵士或者布鲁斯一类的音乐。她希望录音机不要录下太多音乐柔和的镲声和歌手的鼻音。她试着扮演一个沉浸在个人思绪中的女士,神情忧郁地盯着酒杯,但同时又竖起耳朵,想要听到对话的线索。

现在是那个高个子男人在说话了,口气轻松、自在、自信满满。

"……不是说公司就清清白白,我不是这个意思。然而,说实在的,我也不觉得有什么肮脏的事情必须得曝光。这种想法是不对的,你可以说它们的准确性是他妈的多么无聊,但也正是因为这样,每个人都依靠着它们,每个人都信赖,并且不假思索地认为这些机器——实际上是整套网络——都做得不错。因为,嗯……这些机器确实很不错,就是这么简单。"

"别,别这样,哥们儿,我才不信你这套。"酒保笑了,"求你了,杰克斯先生。那些传说是怎么回事?每个人都在说的那些,故事、神话和传言。"

高个子男人抬起手，笑了笑："是啊，你说对了。你自己也说了嘛，卡罗。故事只是故事，不能当真，都是些荒唐的谣传。"

酒保也咧开了嘴："哦，但故事总有源头，对吧？它们不是空穴来风。你说，总不能凭空编造出这些事吧？"

杰克斯先生举起酒杯："你可问倒我了，卡罗。故事确实有源头。我可没法与你争辩这一点。"他一边笑，一边小口喝着酒。

弗洛也有样学样，在老人举杯时，也开始小口喝起了酒。她不在乎老人是否看到了，甚至有点希望他注意到自己。即使他们不让她加入这场小讨论，至少她一个人坐在吧台前，也算是从身体上加入了他们。

"你觉得，即使那些故事都是胡编乱造的……"酒保卡罗从柜台下掏出了一瓶没有标签的酒，漫不经心地给老人满上，"他们总得有，编造的动机之类的吧，你觉得呢？"

杰克斯先生耸了耸肩，点头示意卡罗继续说下去。

"嗯，我的意思是，没有一家那么有权有势的公司，能真的做到诚实，对吧？做不到清清白白，总会有一些不太对劲的事情。这是大概率事件。而且，不只是小事不太对劲，我觉得肯定藏着什么大阴谋。"

"但如果是这样的,我并不是说这家公司不是这样的,为什么没有任何负面报道呢?丑闻在哪儿?灾难呢?"杰克斯先生放下了杯子,"当然,我们都听说过这些传言,我们都知道,概率是一方面,但看看周围,你能拿出证据吗?"

"藏起来了,埋得好好的。"这次是另一个声音加入了讨论,一个柔软的女声从吧台的另一头传来,"上面还盖好了新鲜的土,种上了一排漂亮的鲜花。"

两个男人转过头,看向新的谈话者。

弗洛没有退缩,也没有抬头,她缩在座位上,盯着酒杯,大拇指慵懒地摩挲着杯壁上湿润的痕迹。

"规模那么大,势力那么广的公司,可以为所欲为,是这样的吗?"现在,她转过头来,看向两个男人,带着一丝疲惫的微笑,"这家公司掌握着世界经济的命脉,决定着世界如何运行,他们可以只手遮天,就是这样。而且政府都听他们的,做什么都行。因为这家公司已经成为了现代社会的支柱,所以不能倒闭。人民也不能失去对传输网络的信任。"

两个人仍然盯着她。

"至少……"弗洛举起酒杯,皱着眉头一饮而尽,"你可能是这么认为的,假如你真的相信这类鬼话。"

第六章 一场误会

弗洛的心脏又开始怦怦乱跳，一时之间，她感激吧台后方的粉红色霓虹灯光，掩盖了自己红到耳根的脸颊。

短暂的停顿后，卡罗笑了。"是啊。"他又从吧台下方拿出了自己的深色瓶子，向弗洛走去，拿起一只空的小酒杯。"对，是啊，她说得有道理啊。我也是这个意思。"他轻轻地笑了。

弗洛又续了一杯，点点头，酒保回到了原先的位置。

杰克斯先生继续看了弗洛一会儿，然后把注意力放回酒上，高瘦的身体弓在吧台前。

片刻之后，他又噗嗤一声笑出来，抬起头："卡罗，你知道最烦人的是什么吗？"

"哦，杰克斯先生，你跟我很熟了，不懂的事情我从来不敢胡乱猜测。"

"镲声太多。"

"啊，别这样，杰先生。这是首轻松的摇摆乐。你知道我是怎么想的。"

"不过，我还是坚持自己的看法。"老人直起身子，随意地举起酒杯，以示强调，"他们总是加入太多镲声，太多白噪音，全频稳定，随机干扰，掩盖了其他一切声音。"

"不，不是*掩盖*，杰先生，"尽管卡罗还在微笑，口气中已经不太赞同:"镲的功能是*填充*,填充那些其他乐手留下的空白。你看,镲声拓宽了音乐的广度,让它更加紧密,加入了额外的厚重感。"

"卡罗,我觉得你的意思是,镲声让音乐更千篇一律了,让所有音乐都寡淡无味。嗯,我不是在评价鼓手的技巧,评价他的演奏水平,我只是在说他选择的鼓点,这种声音的*质感*让我厌烦。过于浮皮潦草,缺乏一些细微的差别。"

"哦,别这么说,先生。我不能跟人聊这个,在*我的*酒吧里可不行。如果您再这么说下去,我就得让您把上一杯的钱付了。你得明白的是,这种声音本身……"

弗洛没再听下去了,她的肩膀瘫了下去,头也慢慢垂了下去。如果这是两个人交换的某种密码,她无法破译。除非这意味着老人已经看穿了她的诡计,并将她拒之门外。或者,他们只是受够了她。无论如何,她觉得自己的机会已经消失了,她应该离开。她把几张纸钞放在空杯子旁边,向卡罗点头致谢。他也点了点头。她从吧台上拿起包,从凳子上滑下来,转身离开。

"所以,你有什么故事?"

弗洛还没有迈出一步,就停下来。她转过身来,微微张开嘴。杰克斯先生，那个老绅士，正盯着她。

"我猜你确实有什么故事，我就是这么想的。"

"哦，这样，我确实……你不会想知道的。"弗洛咽了咽口水。但男人仍盯着她。弗洛突然开始在意自己涨红的脸，仔细涂好的口红，以及腰间束起的裙摆。她不知不觉地深吸了一口气，然后疲惫地叹了口气，仿佛在懒洋洋地考虑是否要告诉他，仿佛她自己也不太在乎。她的头脑疯狂转动。"是呀，好的，我觉得，假如你是真的想知道，那么可以……是我的姐姐，她……"弗洛皱了皱眉，"……嗯，其实是同父异母的姐姐，但你知道……这不重要。"她把头歪向一边，"怎么说呢，她，嗯……出了点事情。她通过了，那个，那个网络，然后就出了点事情。我想说的是，她已经使用这套传输系统很多年了，就像其他人一样，但有一天，嗯……"

弗洛不说话了，音乐也停下了。在突如其来的静默中，卡罗也看向了她。弗洛怀疑酒吧中的其他人也注意到了她，角落里的情侣，门边的男人。音乐又开始了，原来只是曲子之间的一个小停顿。

杰克斯先生用鞋尖将身边的凳子推到离吧台稍远的地方。弗洛犹豫了一下，然后走了过去。现在她离这个男人这么近了，这让她又停了一下，然后缓缓走向前去，在吧台凳上坐下。

杰克斯先生目不转睛地盯着她，他笑了。

"你得给她再满一杯，卡罗。"

"当然，和之前一样？"

卡罗点点头，开始调起了新的马天尼。弗洛回头看了看酒吧四周，那对情侣已经不再拥吻了，但他们还是黏在一起，额头碰着额头，嘴唇翕动，交换着悄悄话。门边的那个人，他的帽子仍然斜着，眼睛被遮住，趴在面前的报纸上，手里拿着笔，也许他在做填字游戏？

马天尼端了上来，弗洛微笑着道谢，平静地把包放到吧台上。杰克斯先生俯身看了看，视线正对着这只包，和外口袋紧绷的方形隆起。然后，他的注意力重新回到了弗洛身上。

"你的……姐姐？"

"同父异母的姐姐。是啊，你知道，她……"弗洛从酒杯里啜了一小口，然后深吸一口气，"传输网络让她不孕不育。"

杰克斯没有移开目光，没有颤抖、没有皱眉，他的表情看不出一丝一毫的变化。

"哦，当然，我知道你在想什么。"弗洛紧张地笑了笑，

第六章 一场误会

"你怎么就能确定呢？你怎么知道这个问题是传输网络造成的？嗯，我可以告诉你，她之前有过一个孩子，就是这样。很正常、很健康的一个男孩，我的侄子，或者说是干侄子，不管怎么说，他……"

"他叫什么名字？"杰克斯先生的语气中听不到一丝情绪，但他的眼睛片刻都没有离开弗洛，令人不适地打量着她。

"但这有什么关系……"弗洛突然向后靠了靠，皱起了眉头，"他叫……亚历克斯，嗯，其实是亚历山大。但我不明白这有什么关系……"

杰克斯先生轻轻摇了摇头，移开了目光："我只是好奇，仅此而已。"他笑了："你继续吧。"

"是的，然后……"弗洛又皱了皱眉，"不管怎么说，这个男孩，亚历克斯，他不是问题的关键。他很健康，就是这样，现在也还不错。但当我姐姐，她……"弗洛停住了话头，"你想不想知道她的名字？"

杰克斯先生耸了耸肩。

"不管怎么说，当他们开始尝试要第二个孩子时……就怀不上了。突然之间，她以前怀孩子没有什么问题。但现在，怎么尝试都怀不上，就像她突然干涸了一样。"

"我也听说过这种事。"卡罗打断了她,他正从架子上拿下酒杯,一只只把它们慢慢地、仔细地擦干净,"有女士突然怀不上了,就像小溪没了水。她们想要孩子,但就是怀不上。我也听说过,好像有一个词说的就是这种现象。"

"不对,我姐姐的情况不一样,因为她其实还有……你知道,还有月经。而且月经和其他状况都很正常。她也去治疗了,但什么方法都没有用,最后他们给她动了手术,取出了一个切片,非常小的一片,这种检查叫什么来着?"

"活检。"

"对的,而且它……嗯,我不知道怎么用语言来形容。只有组织,没有卵细胞,一颗都没有,就像是突然一片空白,她的卵巢。它们……它们只是……嗯,我不知道有没有一个术语来表达这种现象,只是……"

弗洛沉默了,她看着自己的酒杯,忧郁而恍惚。但她内心却在微笑,她咬住嘴唇,控制着自己的表情。她的表演还不错,开始忍不住暗暗得意。

杰克斯先生听得十分认真,他凑近去听弗洛的故事,还关注着她的表情。现在他又直起身子,叹了口气。

"不,"他摇摇头,"恐怕这完全不可能。"他的嗓音又一次失去了感情,"这些机器和网络不会造成这些问题,这是不可能的。其实它们没法做到。"他啜了一口杯中酒。"当然,听到你姐姐的悲剧我很难过,这种事很糟糕,确实糟糕。但我可以向你保证,这与传输网络的使用完全无关。无论如何也不可能扯上关系。"

弗洛再次感到血气涌上脸颊,这次不是尴尬,而是愤怒。他是多么轻易地就否定了她的每一句话,即使她这个故事是编造出来的,他也无权不相信她。特别是在她鼓起这么多勇气,把这个故事讲出来的前提下。他的优越感激怒了她,她试图通过进一步施压,来消除这种优越感。

"哦,得了吧,我们没法证明这件事,但这不意味着……"

"不是,"杰克斯先生又轻轻摇摇头,打断了她,"你看,机器运转得很完美,完美地分析,完美地复刻、传输、整合或者重新整合……或者随便你们怎么讲。整个体系从头到尾都是完美的。而这,实际上,是一个问题。"

"你想说,我讲的故事有问题?"弗洛眯起眼睛,"嗯,在我看来,只有当你一直认为这个体系是完美的,才会出问题。而且你怎么完全确定它从来没有……"

"你误会我了,"杰克斯先生握住杯底的边缘,慢悠悠地晃动着杯子,"系统的问题正是它确实有效。因为,你看,它不应该有效。因为，从本质上来说，它不应该成立。坦白讲，传输的概念本身，就十分难以置信，甚至极为荒谬。没有人实际上理解传输这个过程，到底是怎么完成的。"他轻轻地冷笑了一声，"这就是你的问题所在，他们只知道，而且只是通过经验的证据——经验并不重要——这个系统确实在运作。从本质上说，它是没有错误的，但这恰好就是错误的所在。你不觉得吗？"

弗洛紧咬牙关。她累得想要去揉揉自己的眼睛，但在手指接触到睫毛膏之前，又猛地抽回了手。她不经意地瞥向包上的隆起，把这一瞥顺势变成眨眼，然后再度看向杰克斯先生。

"所以，你的意思是，这个系统并不是完全安全的？因为，如果是那样的，嗯，那不意味着它本身就已经……"

"安全，哦，它当然是安全的。就像其他东西是安全的一样，就像活着也是安全的。我只是认为，没人知道系统是如何运作的。委婉点说，整个商业体系，都是无法自洽的。"

杰克斯将杯中酒一饮而尽，把杯子放回吧台，推回卡罗那边。卡罗毫不犹豫地又为他满了一杯。

"我……"弗洛犹豫了，她紧张地笑笑，感觉自己一定听漏了什么。但或许这并不重要，只要她能让这个男人一直喋喋不休。迟早他肯定会说出一些有用的信息，一些他不应该透露的事情。"我……我觉得我好像没理解。"

"哦，那你别多想了。"杰克斯先生露出一个让人安心的笑容，"没人能够*理解*，这就是问题所在。"

他偷偷向前探去，弗洛也凑上前去，卡罗也凑近了些，尽管他几乎没怎么移动，但他似乎更专注于这场即将发生的谈话。

杰克斯先生又笑了。

"你知道，这些设计者当然有自己的理论，对吧？他们的小哲学——关于原子，关于各种各样的亚原子，关于物质的解体和重组之类的理论。这些都很不错，掌握这些理论十分有用，但所有这些东西都只是理论说明。这只是他们找到的一种形状，刚好适合修补这些难题的破洞。这些理论或许只是在兜圈子，但是它们至少能够说明传输的原理，就像一个玩具积木也可以穿过一扇错误的窗户，或者可以说，窗户是对的，但积木是错误的。但即使你肯定这块积木不对，它仍然可以穿过窗户。同时，几十个研究者也在埋头苦干，试着把这块积木变个形状，让它更适应这扇窗户。同样地，还有好几十个研究者在翻箱倒柜，想要造出另一套解决方案，造出一块完全不一样的玩具积木。时不时地，他们就能找到一块，在一段时间内，这块积木似乎就是他们要找的那块，似乎就是完整的真相，除此之外别无其他……直到他们过了一段时间之后，找到一块更好的积木。之后，他们还会找到另一块，每一块似乎都很合适，而且你当然不敢回头去找之前的积木。而且，既然整套系统还在运作，那么，这些理论就都不重要。因为他们并不是真的需要知道原理，而且那些机器工厂里的人，他们是最不需要知道的了。他们只需要接到订单，然后照着收到的新模板，冲压出这个硅片，或铸造出那个镀金触点。因为只要掌握了正确的技能，任何人都可以按照一定的样式制作机器。任何人都可以说服自己，觉得他们知道自己在做什么，甚至认为自己基本上算是个专家。但没人真的懂这一套，明白吗？没人真的明白。但只要他们再多想一点，只要他们不再局限于他们此前相信的那一套，而是探寻真正可信的解释，嗯，他们可能就会发现事情的全貌——坦白来说，是非常荒谬的。"杰克斯先生又直起身子，"整个行业都建立于一个谎言之上。或者我们可以不那么夸张地说，这全是一场误会。"

"等等，您的意思是……"弗洛也直起了身子。她的头脑发晕，看向面前的空杯子，不停地眨着眼睛。她抬头看了看卡罗，但他抢先反应了过来，把一只酒杯放在吧台上，用同样流畅的动作把一张纸巾垫到它下面。"所以，我猜您的意思是……"弗洛抬起头，发现杰克斯先生目光笃定，像是在等着什么，"您的意思是这套系统其实成立？或者它本身……其实是不成立的？我是不是说得太多了，我……只是想确定一下。"

"它在哪一方面成立呢？把你分解掉？把你大卸八块，直到你不再存在？通过一根电缆把你传输出去，仿佛你只是一堆电子的某种碰撞和组合？然后通过正确的工作流程，把你重新组装起来？让你身体内的几十亿个原子都流向正确的方向，彼此之间协调一致？通过这种方式，让你的血液还能正常流通，细胞突然开始工作？让你继续自己错综复杂的思维方式，从停下的地方重新开始？"杰克逊先生把头偏向一侧，眯起眼睛看向对面耐心的听众，"你可以这样想，这个流程需要耗费多少能源？多少原动力？这是不可能的，每个有理智残存的人都知道这是不可能的，这一切都是一场梦，一场空想。"

"但我其实……目睹过这套系统的运作，"弗洛的嗓音小心翼翼，她双手攥紧了酒杯，"它们确实可以运作，我甚至经历过……我认识那些使用过传输系统的人，他们经常传输。我亲眼见证他们离开,又通过系统被传输回来。"

"啊,但你真的看到他们了吗?"杰克斯先生露出一个空洞的笑容,"或者你只是相信自己所见?这就是你所看到的,或者只是你认为你所看到的,只因这是你期望发生的事情?那是你被引导去相信的,所以,在你的脑海中,那就成为了实实在在发生的事情。"

"我……什么?"

但弗洛无法完整地表达自己的困惑,因为她的话被打断了。那对刚刚沉浸在二人世界中的情侣走了过来,他们从安静流动的爵士乐和装饰着绿色粉色荧光灯的昏暗中走出,现在坐到吧台前,开始点起了酒。

弗洛转过脸去,把酒杯放下。她低着头,不希望这对情侣也加入到这场讨论中来。

这对情侣很年轻,瘦高的男孩负责点单,目不转睛地看着卡罗调酒。矮胖的女孩坐在弗洛旁边,后背靠着吧台。

弗洛感觉自己正在被监视着,她把头转过来,发现女孩看向她,露出一个大大的笑容。弗洛也回以一个微笑,这让女孩咧开了嘴。她向弗洛会意地使了个眼色,弗洛皱起眉头,但女孩耸耸肩,向酒吧出口短暂地点点头。弗洛短暂地看向那边,但没人进来。唯一一个客人仍坐在独立的桌子旁

第六章 一场误会 | 127

边，还在仔细地看着报纸，解着字谜。他仍然没有脱下雨衣，还戴着帽子，仿佛他随时可能离开，仿佛他只是短暂地拜访一下。

弗洛回过身，等待女孩解释，但女孩似乎失去了兴趣，注意力回到了男友身上。她的男友把酒拿回了二人角落旁昏暗的桌子。弗洛看着他们离去。

"当然，还有另一种理论，你愿意听听吗？"

杰克斯先生又看向了她，目光像之前一样热切。弗洛已经不知道自己想听的是什么了，讨论走向完全偏离了她的预期。她礼貌地点点头，让杰克斯先生热情地说下去。

"还有一种理论，其实这一过程中，人们并没有在旅行。嗯，并非如此，这台机器从一端真实地、完全地毁灭了你，而另一台机器，在另一端并没有把你重组起来，而是建造了一版全新的你，和一瞬间之前的你如出一辙，但那个你已经不存在了。所以你并没有在两台机器之间传输。"杰克斯先生短暂地顿了一下，然后笑了，"完全没有传输。"

弗洛没有笑，她对此已经感到非常不舒服。弗洛已经开始感到，可能自己也不是想象中的那个自己，但假如杰克斯先生感到了她的不适，也并没有表现出来。

"我对这个理论十分着迷，你懂的。这似乎是更合理的解释，你没有从电缆中间传输，不是那个*真正*的你，也不是以分子的形式。机器传输的只是关于你的信息，所以从某种角度来说，那个从另一端出现的你并不是真正的你，但它也确实是你。因为他们用什么材料制造你，并不是十分重要，只要你的器官没有丢失，顺序、方位、速度都是正确的，那么出现的那个你就可以成为真正的你，或者可以说是这样的。"

"那么……你真的相信这个理论吗？"弗洛拼命徒劳地抓住这种观点，"因为我觉得人们不会喜欢的。假如他们觉得传输的不是真正的自己，假如他们相信他们一开始被……"

"但这*将会*是他们，你不明白吗？只要这件复制品是准确的，就像身体每隔几年就会更新它的细胞、原子一样。我们每个人、每时每刻都在更新着自己。昨天的我们和今天的我们并非由同一种材料组成，同样，我们也无法确定我们每天醒来后，都是同一个自己，除非我们熬上一整夜。因为我们也不能确定在我们睡着的时候，究竟发生了什么。当睡眠产生真空、梦境制造混乱之时，我们的思想被重组、复原。但当我们醒来的时候，将发生什么改变，那么……"

杰克斯先生摊开手，耸耸肩，弗洛想要开口，想要把话题带回自己一开始的目标,她至少要努力一下。但正当她试着找出正确的词语来表达自己的想法之时,另一个声音抢先开口了。

"我也有一个理论,还挺不错的,你甚至可以说这就是真理。"插嘴的是卡罗,他双手平放在吧台上,神情严肃,"假如你不介意我插个话。"

杰克斯先生示意他继续下去。

"我也在思考,我的想法是……这有点像时空旅行。你知道我是什么意思吗?"

弗洛感觉自己睁大了眼睛,她试图掩饰这种惊愕的表情,装作好奇的样子,将头转向一边,点点头并微笑着表示同意。

"你能理解吗?就像杰克斯先生说的,物质的重组?嗯,在我看来这挺像时空旅行的。因为这些重组和复原是从原先的状态中开始的,对吗?我的意思是,或许只是在一瞬间发生的。因为当然,这种变化可能是光速的,就像电流或者广播的波段,或者其他什么从电缆中迅速穿过的东西一样。但它仍然是一种速度,仍然会产生时间的空隙,对吗?所以你在那段空隙中,究竟*是谁*?假如当他们把你重组好的时候,你依旧是那个分解前的自己,那么你在那一瞬间的空隙中，究竟在哪里呢？假如我们可以称之为传输的话，那么你在传输的那一瞬间，是否存在呢？"

"哦，我喜欢这种说法。"杰克斯先生向酒保挥挥手，鼓励他继续下去，"卡罗，真不错啊，你今天超常发挥了。"

弗洛又点点头，她重新焕发了笑容，但依旧没说话。她的内心沉沉的，不得不打起精神，才能挺直后背。

"当然，如果你可以延长在空隙中的时间呢？"卡罗笑开了花，他对杰克斯先生和弗洛平等地说出了自己的宏大理念，转身看着他们俩，眼睛里闪着光，"假如你可以把传输的过程放慢下来呢？比如用更多圈的电缆，或许可以用超长的线圈让电缆在几百万英里的范围内缠绕起来？"

"就像一个巨大的电阻器，是的！"杰克斯先生用拳头在吧台上重重一击，表示赞同。

卡罗耸耸肩："嗯，我不知道这行不行，但确实，我猜……就像一个电阻器。总之，如果你真的可以让传输的过程慢下来，或者一直待在电缆里，那！你就可以体验到——时空旅行！"

"但你要注意，只能向前，"杰克斯先生指了指酒保，"在这个系统中，你永远不能后退，往回倒几年，或者变得更年轻。"

卡罗思考了一下："当然，只能向前，我猜是这样。"

弗洛滑下了椅子，稍微拉伸了一下四肢，看了看表。"我喜欢你的想法，卡罗，这套理论真不错。"她伸手去拿包，手却有点发抖，但她怀疑没人发现这一点，"但恐怕我现在得走了。"

"哦，真可惜，"杰克斯先生并没有表现出惋惜的样子，"喂，我们闲扯了太久，但并没有解决你提出的艾丽斯的问题。"

"没关系，我……"弗洛突然看向了他，包带半挂在肩上，"你说谁？"

"我只是说，我们并没有解决你姐姐无法生孩子的问题，尽管我还是坚持我的立场，并不是这套系统的问题……"

"我没有一个叫艾丽斯的姐姐。"

"真的吗？"杰克斯先生一时间露出了困惑的神色，"那我想的是什么人？"不过，他的困惑很快烟消云散，"无论如何，你真的不能怪传输网络，只因为那些人相信自己……"

"杰克斯先生，求您了。"弗洛已经受够了，她发现自己犯了错，找了错误的人。她发现他其实只是一个怪胎，一个疯子。他说的话并非毫无道理，而是他说这套系统毫无道理这件事毫无道理。这套理念激怒了她，有那么一瞬间，甚至让她的怒火冲破了夜晚酒精的微醺。"假如你真的认为他们不明白自己的机器是如何运作的，他们从来搞不懂这套体系，那么我觉得就是应该责怪他们。他们应该做测试，任何事情都得测试，而测试的时候，难道不会发生事故吗？在这套系统能够顺利运转前，总是会有一些纰漏，而这套系统还在出着错。人们可能被……改变，系统可能失败，而且……"

"不，不，不，不，不是这样的，"杰克斯先生用食指敲着吧台，"这不是问题的所在，完全不是。真正的问题是我们接受了一套没有人弄懂的系统，一套不合理的系统，但我们依然信任、依靠它、盲目地相信它。我们使用这套系统，因为有人告诉我们它没问题，然后我们就接受了，但我们其实没有任何相信的理由。而现在，我们和这套系统牢牢地锁在一起。不管别人说什么，我们还是会使用它。所以它改变了什么呢？问题并不是在我们通过这台机器的时候，它有没有改变我们，而是这台机器的存在如何造就了我们？我们究竟成为了什么样的人？这台机器统治着我们，命令我们如何生活，而我们允许它这样做。我们邀请它……"

"请别再说了，杰克斯先生。"弗洛举起手，她的手已经明显开始发抖，但她已经不在乎了。"求您……别说了。"她深吸一口气，准备最后试一次，"您的意思是，这么多年以来，有上百万、几十亿人在使用这套传输网络，不断地让自己通过这些机器传输，但你其实从没听说过任何一起严重的事故？没有一次死亡？没有一个人……出了什么事，任何事？"

杰克斯先生瞪着她，但并没有说话的打算。是卡罗打破了沉默。

"我觉得杰克斯先生想要说的是……"酒保的声音低沉、稳重，"问题并不是机器不工作，而是它们并不*需要*工作。"

"什么？"

"整套传输网络，并不是必要的，或许除了……你知道，创造就业岗位以外。尽管我觉得这套传输网络只是用一种就业岗位取代了另一种。"

"你想说什么？"

"他说得挺对。"杰克斯先生又加入了辩论，他看起来沉稳、严肃，"你不觉得，我们假装一下更好吗？我们可以用纸板箱和结实的绳子来传输。"

"对的，"卡罗重重地点头，看起来很严肃，"使用想象力来旅行。"

"一天可以去好几个地方。"

"还少去很多麻烦事。"

"现在还要办这么多繁琐的手续,都是为了什么呢?"

"的确,现在我们到其他地方确实可以稍微快一点。"

"我们也很喜欢这样。"

"或者说,他们希望我们这样想。"

"但假如我们坚持这样做,我们会变成什么样的人……"

"先生们,"弗洛这下同时举起了两只手,"谢谢您,真的是让人震惊,让人……大开眼界。但我得走了,我要离开了,我得回家。因为,说实话,尽管我觉得您二位都非常有见识,但这一切都是胡说八道。"

"确实是胡说!"杰克斯先生大笑起来,"你知道吗?卡罗,我想她或许会回到我们的思维方式上来。"

弗洛突然转身,向前走了一步,又回过身:"你知道吗?我以为,我真诚地希望,我可以得到一个直接的回答。"

"每个人一开始都是这样的。"

"我以为,你和那些人可能不一样……"

一时间没人说话。

杰克斯先生扬起眉毛:"然后呢?"

弗洛张嘴想要说什么,又没说出口。她转头走向门口,走向那个穿着雨衣、戴着帽子的男人,他低着头,酒杯还是满的,仍然在报纸上写写画画。弗洛经过时,他移动报纸,遮住右手,但没有抬头。

酒吧外,夜晚阴冷潮湿。一条窄窄的红砖楼梯通向街口。弗洛在人行道上停步,把包转了一圈,拉开前袋的拉链,抽出了黑色的小录音机。她停止录音,然后坚决地弹出了小磁带。

她咬紧牙关,十分想把这该死的东西丢进排水沟,把这徒劳的夜晚真正丢在脑后。但她只是叹了口气,录音设备可不便宜,她把磁带放回录音机,然后按下倒回键。

街上很安静,没有人会在这个点出门。弗洛展开一张破烂不堪的地图,上面显示两个街区之外就有一个公共传输亭,只要它没有被破坏,只要她还有零钱,就可以在五分钟内到家。

手上的磁带不再倒回,录音机也停止工作,随时可以录下另一段故事,一段更加可信的故事,一段弗洛的读者或许愿意听到的故事。弗洛把录音机扔回包里,迈步向前,摇摇晃晃地沿着大街走下去。

第七章　最后的晚餐

他曾是个会把所有东西都拆开的孩子。他会把毛绒小熊的线扯开，只为取出其中的发声电机，因为他对小熊不开心的呻吟声十分好奇；他会把塑料小兵一点点肢解，看看它们的球关节是如何固定的。假如有人给他一块还没弄乱的拼图，他会从刀架上取一把厨房刀，然后把这个玩具破坏掉，将每个单独的部分拆下来，然后再按照正确的方式拼装好。

他的父母觉得这种行为没什么不正常，他们告诉自己，他只是个普通男孩，有旺盛的好奇心、使不完的精力，喜欢刨根问底。尽管其他家长并没有说过自己的孩子是这样的。

他的第一台电脑是他用其他人丢掉的各种电子垃圾拼装出来的，后来几年，他又找到了更多别人不要的东西，将电脑升级换代。对于大多数人来说，这台机器十分丑陋，像是不同部件的大杂烩，线路板和电线裸露在外，套筒绑着松动的焊点。一想到这一点,他的父母就不太愿意买新的电子设备回家,生怕这些东西被洗劫一空,然后大卸八块。但这种担心是多余的,他们买回家的东西从不出问题。假如这些设备出了问题,也不是因为他们的儿子。因为只要设备故障了,他都会找出问题,然后修好。

所以最终,他们和几乎所有其他家庭一样,也买回了一套家庭传输装置,并把它装好。

* * *

"所以你最后怪的是他们?你的父母?"

这个男人十分高大,全身黑衣,他的西服和衬衫都是深色的,你甚至看不出来布料重叠的部分。黑色的领带、黑色的衣领和上方黑色的领口混在一起,形成了一道黑影。他说话的时候,大脑袋轻轻晃动,似乎他的头太沉,在脖子上摇摇欲坠。他站在屋子的一角,在灯光最昏暗的地方,人们看不见他的双眼,因为一副墨镜挡住了它们,尽管男人说话的时候,小圆镜片紧盯着男孩。

"最后?我的父母?嗯,我不是这个意思。假如我扯出这条线索,那可就无休无止了。从我出生说起?还是他们出生时?还是从整个人类的起源算起?或者从存在开始讲起?

不，我自己绝对不会这样想，我甚至也没有责怪这些生产商。我不想怪任何人，甚至自己。为什么呢？责怪这个词，嗯，听起来不太对。"

男孩个子高高的，脸色苍白，四肢纤细，长长的黑发呈柔软的波浪状，一直垂到肩膀上方。他坐在木凳子上，穿着拖鞋的脚踩着凳子上方的木条，小臂搭着膝盖的顶端。他穿着淡蓝色背带裤，衣服完全不合身，即使他把袖口和裤管全部翻起，用帆布腰带勒住腰部后也是这样。他们说话的时候，他并没有直接看向对方，而是盯着对面的墙，或者地板，或者天花板上的顶灯，对着空气说话。

"我理解那是他们想要的，想要责怪一些人。我想，那就由他们去吧。也许，是的，也许他们应该责怪。"

"你不必说这些话。你不需要相信，也不必接受。"男人挪动了一下，有那么一瞬间，他从角落里向前探身，头顶的灯光打在他身上，但并没有照亮他身上的黑色，只是让这种黑色显得更加刺眼，在苍白的四周划出一个人形的黑洞。他靠回墙上："你没有这种义务，悔恨也改变不了什么。不能让人看到他们出尔反尔。他们并不仁慈，只是想树立一个榜样，而他们的目的是震慑。"

男孩短促地冷笑一声，他偷偷翻了个白眼，瞥了一眼天花板的角落，记下了几个细小的黑洞，这些是微型录音机、监视器一类的东西。他知道他们的谈话不是保密的，他知道他们迫切地希望他不小心说漏什么有用的信息。但他没有什么可说的，他已经把能说的话都告诉了他们。

男孩面前的桌子上放着一个写字夹板，上面夹着一张打印好的表格，是一份菜单。他浏览着一长串选项，每个选项后面都有一个空白的勾选框。

"假如我不想点这张菜单上的菜呢？"

"这份菜单只是一个引导，一些人不知道要选择什么，在这种情况下无法想着食物。所以我们列出这份菜单，是一种鼓励，也是一种小小的引导，让他们回忆起曾经喜欢的食物。或者，他们也可能从菜单上找到一些一直想要尝试的食物。"

男孩取下这张纸，将它翻了个面。拔下水彩笔的笔帽，开始写下自己的选择。

* * *

新装置安置在他们旧的步入式餐柜中。安装过程迅速快捷，一个团队来到家中，在厨房中组装好了这套设备，然后再把整个传输舱缓缓推入计划的位置，就像安装一台洗衣机一样简单。电缆铺设完毕，检查做好，很快这台机器就准备完成，开始运转，可以进行传输了。

装置严丝合缝地装入了这个空间，假如男孩想仔细检查一下这台机器，也不太容易，但也不是不可能。开始的几个星期，他表现得对这台机器兴味索然，只是偶尔会使用它。但在父母离家，男孩知道他们几个小时都不会回来的一个午后，他把那台丑陋的电脑推入厨房，在传输装置中找到服务端口，然后接入了电脑。

就是这么轻松，他甚至没有试着去掩盖自己的行为，也没想做任何事情，他只是想看看。

他在那里坐了很久，看着数据在屏幕上滑过，这套系统使用了一种奇怪的语言，但他认出了一些，这些部分表现出一种清晰的语言结构。男孩坐在那里看着这些语言，学习着，一段时间之后，他发现一部分代码似乎不太对劲。

* * *

"你发现了一处错误，希望改正它。这是可以理解的，很多人比你更糟糕。"

"也不算是错误吧，并不是。"

菜单被收走了，几只硬的铝箔盘放在桌上，每个都盖着

第七章　最后的晚餐

一层薄薄的纸板。男孩躬身向前,检查着从盘子下面漏出的油渍之间涂抹的符号。他的手在几只盘子上方犹豫不决,但没有触碰铝箔或者盖子。然后,他坐回去,双手环抱在胸前。

"你不想吃吗?"

"盘子上还有油漏出来,我想把它放一会儿再吃。"

"有什么区别吗?"

"嗯,其实,我觉得没有。"男孩叹了口气,又向前探去,"只是我一直以来的习惯。"

他开始折着铝箔盘的边角,用塑料勺子的尖端撬起每个盘子上的纸盖,把它们干净利落地摞成一摞,放在桌子一角。

盘子掀开盖的瞬间升起了热气。

* * *

他未曾提到过自己对装置的改装,父母也没有发现端倪,也没人来敲门。

他抓住下一次机会,把机器拆解开来,但只拆了一点点。他把它轻轻撬开,从缝隙里打量着它,掀开机器的侧面,就像是从贝壳中挖出软体动物。他极为小心,注意不打乱任何零件，不让别人发现自己拆开并且检查了这台机器。那时，他像是在拆一枚炸弹，拆炸弹大概就是这种感觉吧。

实际上，吸引他的正是军事元素，他在代码中发现了必要的防卫措施。它们与主要的代码元素并列，成为了一组独立的参数和命令。它们并没有完全融入，尚未被编织到主代码中。

这台机器会进行两次扫描，第一次会分析并识别有机物质和无机物质，假如它发现了任何可以构成武器的或者类似的东西，将会自动停止分析的流程，这一过程是无法绕开的。但假如传输的物体通过了一轮扫描，那么将会进行第二轮扫描，这次扫描会将传输的物体视作整体。而第二次扫描的结果也会用于传输，与第一次扫描有关的信息则会立刻被丢弃。

* * *

"这就是你发现的问题？也许你应该在审判中提到这一点。"

"嗯，我没有说。因为有人建议我不要说出来，他们说假如我告诉别人我曾试图破坏传输网络，或许会对我的案件不利。是的，我觉得他们说得在理。"

男孩把每个盘子中的食物都盛到一只碗中，堆在一起。他一边搅，一边吹着食物，吃得很慢。

"无论我说什么，控方都会找到我的把柄。这就是法律的把戏，他们曲解我的意思，把我逼到角落，再诱我上钩。这场审判不是关于真相的，不，他们只是想让我看起来很蠢，或者很鲁莽，或者什么都不在乎？这场审判是在作秀，让公众觉得传输网络仍然十分安全。毕竟，像我这样的瘦巴巴的小毛孩儿又知道什么呢？嗯，不，假如他们想要战斗，我才不会与他们对抗。还是像别人说的那样，保持沉默就好了。"

* * *

尽管有缺陷，但系统本身还是震撼了他，如今他得好好研究一下。但他知道系统仍有改进的空间，他知道自己就可以改造它，他可以简化系统，让它更加安全，假如他做得没问题，假如他让有关人士大开眼界，甚至可能拿到一份工作。不需要走招聘的正规流程，不，他只需要直接展示自己的技术。

理论很简单，根据需要，这些装置都是双向的。每台机器都可以连接另一台机器，无论二者相距多远。代码并不固定在某台中央机器里，而是每台独立装置的固定组成部分。假如有一处装置断电了，这种结构保证了其他部分仍然可以正常工作。这种设计的本意是好的，可以避免系统整体的崩溃，而且它一直运转顺利。但这一系统也可能被利用，假如人们知道如何利用的话。

男孩的计划是在讯号中发送一段简单的阻断，可以感染所有装置，但只在他允许的时间范围内起作用。这段阻断讯号没什么新鲜的，他只是结合了自己所发现的代码类型，很简单，也不会造成什么人身伤害。最坏的情况，他的行动可能会成为一次有点烦人的恶作剧。

十秒钟，他只需要十秒钟。他通过了对编码的建议，接通了十秒钟，然后让系统回到此前的状态。之后，他从系统中切断了电脑的连接，小心地把装置推回之前的位置。

他打开电台，等待着。

* * *

"人们对裸体过于敏感了，你不觉得吗？我觉得这很奇怪。一旦它变成常态，我们便接受了裸体，只要我们是在医院病房中，或者公共换衣间，或者在我们自己的家中，是的，我们自己的安乐窝。甚至当我们需要把裸体作为旅行的一部分，人们也不怎么介意，裸体只是程序的需要。不过，嗯，当人们毫无准备地赤身裸体时，每个人都会变得有点——"

男孩暂时停止吃饭，他一只手把碗捧到下巴旁，另一只手举着白色的塑料叉子，停在半空。

"我的理解是……"全身黑色的男人从他的昏暗角落中探出身来，现在站在桌子的另一旁，向前伸着脖子，"在这种情况下，裸体不是问题的关键。"

男孩没看到男人换了位置，在房间的中间，那些黑色的衣服与刺眼的电灯显得更加不协调。不仅如此，这个人似乎还从房间的角落里带出了昏暗的感觉。

男孩用力眨眨眼，摇了摇头，继续吃了起来。

"嗯……不是问题。并不是这样的，"他吃了一大口，缓慢、费力地嚼着，"但从某种角度来讲，这是机器的目的，以及结果。"

"你没有恶意。"男人直起身子，他的衣服深处传来了一声长长的沉闷的吱吱声，"只是犯了一个很常见的错误。"

"只不过这并不是错误，不，完全不是。系统运作的方式完全在我的预料之中，只是我……嗯……我没有意识到它在现实中，意味着什么。"

* * *

男孩寻找着电台的讯息，但没有什么不寻常的事情发生，计划并没有混乱，也没有特殊通知。他听着定点播放的新闻，但没有什么超乎寻常的事情发生，只有政客的争吵，体育赛事的结果，和未来几天的天气预报。

他很确信自己的代码没什么问题，因为它没有出错的道理。在那十秒钟的窗口期内，任何使用传输网络的装置机器都会以不同于以往的方式运行。按照他的设定，一开始，机器会进行整体扫描，然后会开始区分有机物和无机物的扫描，之后，只要安全检查通过后——男孩确定自己没有扰乱安检程序——第二次分隔的扫描将会用于传输，而不是整体扫描的结果，男孩还进一步改变了流程，只有有机体可以被传输，衣服和其他装备将被保留在发送舱的地板上。

不会造成什么实质性的破坏，只要代码回滚，这些衣物会在之后被传输过去。一段简单的后续操作，就可以做到，只要裸体的传输者走出接收舱。当然会造成一些尴尬或者愤怒，或许更多是困惑，但不会出现什么实质性的问题。

但媒体并没有提到这一事件。

男孩关掉了电台，他坐在厨房中，思考着哪一步出错了。肯定有什么东西没有弄对，或者有一些改变，他可以感觉到。

他花了一段时间，才弄清四周不断增大的噪音是什么，气压在增强，声波、警报声、叫喊声和脚步声都在变强。

在他就要看向窗外的时候，前门突然响起一阵敲门声，以及严肃的声音。

* * *

"的确很奇怪，是的，当他们把我拉出去的时候。"男孩拿起一只铝箔盘，几乎将它竖了起来，将里面的食物用勺子挖到碗中，"尽管，当然他们首先走了进来。是的，我请他们进门了。他们十分匆忙，但并不是冲着我来的，不是，他们经过了我，到了机器那里。嗯，就像有什么东西被虐待了，需要他们的拯救一样。他们蹲在机器旁边，似乎在抚摸它，检查它的创口。是的，他们一开始根本没有在意我，不，我只是一个孩子，名不见经传。但后来，嗯，他们发现我们的房中没有其他人的时候，才回过神来，在一种迟钝的困惑中，注意到了我。他们茫然地给我戴上手铐，领我出了门。而街上有人，走路的人。是的，一切都那么古怪、吵闹。我从来没有想过宁静的街道是什么不得了的事情，直到我看到街上有人在走路。而那些走路的人，他们也显得十分茫然，就好像他们走路时也十分不确定，就好像走路是什么新鲜事，就好像他们不明白应该怎么走路。你可以从他们的脸上、动作上看到这种茫然，他们从来没有想过实际的距离，世界又显得那么大，而他们不可能知道世界的实际大小，也不会知道我做了什么。不，不是所有人都知道，传输系统的变化不可能影响那么多人。"

"他们要关掉整个系统，在你改变了传输系统后，一切都暂停了。就像那样，你给世界按下了暂停键。而那些人，那些悲伤的灵魂，他们别无选择，世界的真相冲击了他们的认知。"

"你听说过这件事吗？你有受到影响吗？"

男人沉默了一会儿，他轻轻摇晃着身体，显得十分高大。

"是的，我听说过。我没受什么影响。但我知道一些受到影响的人，很多人。"

* * *

他们花了很久才到达警察局。太多人挤挤挨挨地在路中央晃荡，而警车中的警察则十分沉默。他们似乎奇怪地平静下来，没有对后座上的男孩解释任何事情。时不时地，就有一个人回过头，用空洞的目光盯着他，目光中或许有不确定，有压抑的愤怒或者同情。男孩也不明白。

最后，他们让他坐下，给他端了茶，并且宣读了对他的指控。当他们告诉他实际发生的事情时，轮到他变得严肃、沉默了，因为他也不确定自己的感受。

因为这段阻断的代码成功了，他的实验进行得十分顺利，在十秒钟的时间内，全世界一切使用传输系统的人都受到了影响，电缆仅仅传输了他们身上的有机体，一切其他东西都被留在后面，堆成一堆。

大部分人并没有受到什么影响。而工厂受到的影响则是许多原材料无法完成传输，他们没法计算到底有多少，但在他们找到原因之前，传输网络就被关闭了。

而对很多其他通过传输网络的人来说，正如这个男孩所预想的，他们到达后是全裸的。他们感到尴尬、愤怒，借来了裹身的毯子，质问自己什么时候才能取回自己的财产。还有一些人传输后丢掉了拐杖、轮椅和假肢。这些人倒在到达舱内，无法移动。一些人丢掉了眼镜，一些没了假牙，还有人失去了助听器，或者固定骨头的钢钉。还有一些人没了心脏起搏器和人工心脏瓣膜。

尽管只有短短十秒钟，但在全世界的范围内，对于上百万每天使用传输系统的人而言，这次改变也影响了很多人。但已经无法统计出确切的数字，因为数字总是无法精确到个人。而这一事件的整体影响仍在蔓延，持续良久，而对这一事件的汇报也在跟进。

尽管人们认为这一系统仍是安全的，而罪犯也落入法网，被进一步审讯，也不会再有更多的威胁，人们仍然无法信任这一传输网络，至少一开始是这样的。

主要的工业企业都需要特殊保险，来保证他们的货运不出现任何问题，那些轻易就支离破碎的东西无法被简单地安装好，而各个港口的失物招领部门则陷入了混乱，整个世界都陷入了混乱。没有现成的解决方案，没有可以航行的货轮，没有飞机、货车，人们也不知道如何去往工作单位，带孩子上学，或者采购食物。

* * *

"但你知道我在想什么吗？"男孩抬起头，露出悲伤的笑容，"当他们告诉我这些事情的时候，我忍不住去想这一切是多么让人震惊。那些传输系统竟然有这么大的权力。"

"全世界都在使用这个系统,依靠这个系统运转。"

"不,不是这样的。我的意思是,并没有新闻报道这一事件,一条也没有。彼时彼地,本应该有新闻来讲这件事情的。当然,几天以后,有媒体跟进报道,但那个时候,他们竟然真的压下了这则新闻。是的,他们按下了媒体报道,他们就是有如此的权力,在那个时刻,让所有人闭嘴,让所有报纸、电视媒体不要谈论这件事情。我猜,他们是恐慌,害怕这件事情或许会损害他们的名声。"

"的确有很多恐慌,在空气中,在人群中,这件事情造成的恐慌太多了。"

"不,也不是这一点。嗯,我并不是指社会上的慌乱,我想,人们自己创造了这一困境。那些电视台、报刊公司和广播电台,他们都统一不报道这件事。是的,像那样,立刻就给出了自己的权力。他们都在配合着这套系统。我总是忍不住地去想这一点,而不是去想……"

"或许你也在压抑着什么。"

"嗯,或许吧,但我其实并不是这么想的。不,我觉得我只是……只是不那么在乎,我不在乎人类。"

"你这个回答倒是挺在理的。"

* * *

当然,男孩成了替罪羊。毕竟他是那个犯罪者。所有事情,一切混乱,都可以归咎于他,而男孩也完全接受了对自己的犯罪指控。没有转圜的余地,没有减罪的空间,这一犯罪太严重了,严重到整个世界都需要对他审判。

人们认定,这个男孩肯定花了好几个月密谋策划此次混乱,甚至可能密谋了几年。人们认定,他唯一的梦想就是制造混乱,他付出了一切,才破坏了系统代码,甚至已经为此发了疯,直到他的眼前只有数字。人们认定,他早就失去了人性。

他的父母也谴责他。他们说他一开始变得不太合群,后来就开始变得无法无天,他已经不是那个他们曾经深爱的孩子了。

这是一场彻头彻尾的谎言,每个人都参与其中:老朋友、过去的老师、远房亲戚。他们是为了他好,也是为了世界好。

他们当然感受到了压力,这是必要的,就连男孩也能意识到这一点。所以,人们面对面和他对话时,并不会表现出愤慨之情。而当人们到监狱探望他时,他们也并不带着恶意，只是带着遗憾和好意地看着他。对他开诚布公，向他保证一切都会好起来的，告诉他自己是迫不得已才说了这些话。他们只是做了正确的事情，而他，也做了正确的事情。

* * *

"我想我已经明白了，你知道吗？我很快明白是什么东西出了问题。嗯，你看，我想得很超前，超前到我可以预见未来。我可以预见到假如我对传输网络加以改善，世界将会变得更美好。所以，是的，我研究了那套代码，也理解了它，此前从未有人理解过。我看得太超前，我是这样想的，但我仍然没有足够的远见。"

其中一个铝箔托盘里有一份味道浓郁的甜点，调味清新，质地松软，奶油打发得很完美，所以即使男孩等到现在才开始吃它，它也没有分层。

"我当时很得意，为自己可以看见别人看不见的事物而自命不凡，但我止步于此，我根本没有更进一步地思考过。不，我想得还不够长远。我停下脚步，为自己已经做出的事情，也为自己即将做出的改变而洋洋得意。但你知道吗？当我明白过来，当我得知自己的错误时，我也懂得这样做是不对的。是的,我当时并没有仔细想,我不应该这样的。我本可以做得更好,但我失败了。是的,那一天,我辜负了自己。"

他直挺挺地坐了一会儿,然后缓慢地把勺子递到嘴边。

男人探向桌子,直勾勾地看向男孩。他从那副深色的墨镜中看了很久,而男孩则没有理会他。

"一些人或许会说……"男人挺直了腰杆,"说你只是个孩子。"

"哦……"男孩听到这里笑了,"我确实是个孩子,这是真的。我没法改变自己,就像其他人一样,对吗?毕竟,每个人都是父母的孩子,他们一直都是别人的孩子。"

他向男人咧开嘴笑了,男人却依然板着个脸。

"嗯,是的,或许我们犯下的最大错误就是觉得,我们会在某一时刻长大成人。"男孩吃了一大口甜点,然后向空中挥了挥勺子,"不是吗?我们难道不是总在骗自己,觉得自己从某一时刻起,已经长大成人了?当我们到达或者超过一定年龄以后,不管我们如何思考,或者做过什么事情,人们都让我们相信自己已经成年了。而且,当我们年纪更大时,我们是不是必须知道得更多呢?"

* * *

他在审判时被上了麻药,这是一种预防措施,让他可以显得非常顺从,甚至配合,因为到那时审判将被全平台直播。他们无法冒险,以防他突然改变自己的想法,或者利用直播平台达到自己的目的。他们说麻药是一种温和的镇定剂,为了让他感到平静。

他无法回忆起案件本身的太多内容,但后来他想知道,有没有人发现他的变化。的确,很多人都能看出来他更加安静、更加迟钝,但没人指出这一点,甚至没人对此加以评价。每件事情都被安排好,并指向了同一个方向,就是最终的审判和终极的处罚。这是必要的,是对他人的一种警醒,为了让世人明白,不管是多么聪明的犯罪者,罪行终究会败露。罪犯会被找到,也将接受惩罚。

* * *

"所以,是的,我服从了判决。这是一个……嗯……一个陷阱,因为我确实做错了,不是吗?我懂了,我真的懂了,整场审判都是一场宣传,而我需要扮演好自己的角色。的确,对于审判的计划,他们从未明说。这倒也合理,我明白他们会担心，假如我知道得太多，就不会把这场审判看得太认真，或者甚至会……会装疯卖傻。但我的确明白，我也把审判看得很认真。我希望，是的，我希望他们知道这一点，我希望他们能注意到。"

他抬头望向天花板上小小的黑洞，然后笑了。

"因为这一切都是为了一台机器，走个过场，而我只是一个人，一个犯了大错的傻子。是的，但我需要通过这台机器，我需要让这台机器完成它的工作，这样我就能从另一端走出，那里有我的父母，我的朋友，我的老师，我的亲戚。他们都会在那里等着我，不仅如此，我在研究机构也会得到一份工作。是的，因为，你知道吗？他们当然可以利用我的头脑，真的可以，而且我被改造得更好了。是的，因为我犯了错，我明白了什么事情绝不能做。所以，嗯，我真的得到了教训。"

"而从那以后，你有了哪些改变呢？"

男孩并没有回话。

* * *

他们来向他问话时，他表现得十分开放、投入。他极为细致地解释了自己的代码是如何运转的，他把这些直接告诉了费力挤进自己狭窄监牢的一小群程序员，他们听得认真，

第七章　最后的晚餐

记下了所有细节。他们理解了他,并且十分佩服他,但他们想要走得更远些。

这种把物质分离、解体的能力,让他们很感兴趣,他们已经研究了很久,但仍然无法弄懂这套代码。他们觉得这种功能在工业废品处理领域会十分有用,而为了实现这一点,他们将建设一批新的电缆网络和传输舱。这一应用本身可能相当粗糙,但它将解决许多涉及有害化学品和不可回收垃圾的世界难题。他们当然会小心翼翼地把这套系统与主要传输网络区隔开。

但男孩没法帮助他们,男孩说,他们所要解决的问题是不可能的。但他们仍然常常过来咨询他,于是他说着,他们听着,记下了许多笔记。

而最后,他们也停止了拜访。

* * *

"你有没有想过,他们为什么放弃了?"

男人站到男孩身后,在他头顶晃来晃去。两人说话时,男孩并没有转头看向他,因为他听得很清楚,他知道男人站在身后。

"不,我并不知道,我也不需要想这个问题。"

那深沉缓慢的吱吱声再次响起，就像大树被大风吹动一样，听起来既切近又遥远。男孩没有理会它。

"我知道他们最终理解了我所说的意思，你懂的，分离特定的可识别材料是一件事。是的，那是可以做到的。但他们想停止重新组装的过程，就像他们所说的那样。所以我告诉他们，不，这是不可能的，这违反了机器的逻辑。在封闭系统里的信息总是会被保留下来，因为信息就像所有东西一样，需要留在某处，也需要遵循守恒定理。是，也不是。没有阴性，就没有阳性，没有向下，就没有向上。储蓄和信用，盈利和亏损，都是相辅相成的。事物如此运转，也必须如此。"

"你还相信这些吗？"

"哦，是的，我还相信。我知道你指的是什么，我也听说了一些谣言。比如，他们已经成功了，他们制造了新的机器，他们建立了完美的垃圾处理系统。但我可不信，不，他们应该不是这个意思。物质总是要去往某处，对，你不能简单地从一切存在中消除某样东西。"

"很多人都赞同你的想法。"

* * *

没有什么特殊的仪式，当他从单人监牢里被押出来，走进传输舱的时候，周围没有一个人，传输舱和更衣室似乎没什么差别。这是一次缓慢的传输，他已经进行过很多次了。不过，这间传输舱是新的。

他十分熟悉这台设备的基本属性，但它也做出了改进，这是一台升级后的模型。不像过去传输舱中排着一行行朦胧的灰色灯泡，现在每样东西都是明亮的纯白色。男孩使劲盯着新监狱的四壁，他看出那些灯泡仍在这里，但它们更加微小，就像皮肤上的细胞一样，被镶嵌进墙体中。他可以想象这样一套系统被嵌入任何一个房间，不需要多大功夫，就像贴墙纸一样简单。

不过，这间传输舱可不是仓促建好的，它经过了特殊的设计，似乎带着一种永久的感觉。男孩站在正中央，四周干净的白墙包围着他，而他是舱中的内容物。他十分镇定，好奇地想看看接下来会发生什么。

男孩十分熟悉传来的声音，尽管已经降低了音量，好似是从远方飘来的，或者被一块厚布捂住了。有的时候，它听起来像来自大楼的其他地方砰砰的敲击声，像远处在维修什么。在其他时候，它听起来像来自吱吱作响的老旧管道，像一种深沉、轻柔的潺潺声和呻吟声。

只有一件事在男孩的脑海中挥之不去，一些细枝末节不太对劲，似乎缺少了什么，缺少了什么关键的组成部分。他能感受到这种缺失，但没能想清楚它到底是什么，意味着什么。毕竟，寻找本不在那里的东西可不容易。

所以，他努力地尝试着再想一想，要超越自己的能力。超越自己的思维方式，不要让自己的思想变得懒惰。他应该可以找到答案，一定有个答案。

但答案并不太好。

* * *

监牢里，男孩的白碗和锡纸盘放在那里，空空荡荡，塑料叉子和勺子洁白无瑕。每处剩饭的残渣都消失了，果汁被擦走了，菜里的酱汁被舔干净了。

过了一会儿，有人来到监牢里，把剩下的碗盘摞在一起，然后把它们收走了。

第八章　家庭照护

新隧道的入口靠近得比她想象的更快,有红灯,有绿灯,安娜几乎来不及选好一条道路,就已经被隧道吞没。冰冷的日光消退,取而代之的是死气沉沉的黄色闪烁。

安娜让自己平静下来,想着无论她通过哪条车道,或者走得多快,都没太大关系。路上只有她一个人,她摇下车窗,听着引擎在灰色拱墙上发出孤独的回响。

只有在她看来,隧道还是新的,也将永远是新的。在她还年轻时,有很多人探讨建立隧道究竟是有益的,还是没有必要的,以及它的建设需要花费几何,再之后就是许多年寂静的规划,而隧道还没有建成。在隧道开始实际建设前,她就已经从这个地区搬走了。

安娜从隧道的另一头穿出,日光迅速地照了回来,她立刻降低了速度。很快就要拐弯了,但这一段路总是让她困感。新的支路、标志和环岛与她童年的记忆并不相符。支路变成死路,而河堤变得平坦,人行道则被切断。现在铁塔少了,电缆也松弛了。在这里,新世界被粗暴地拴在了旧世界之上。

安娜换到了低速挡。变速箱嘎嘎作响,同步器也坏掉了。她皱了皱眉,咬紧牙关,倒抽了一口冷气,修起来估计很贵。当她看向四周陌生的风景时,仍开得飞快,卡车后方的长条形钢管发出响亮的抗议声。她绷紧了身体,慢慢减速。毕竟,没人逼着她开得这么快。

然后,电光石火之间,安娜突然明白自己在哪里了。所有的线条、图形、所有的树木、周围的环境,她全都回忆起来了。

这个国家的一些角落,仍然没有连接到交通传输网中。固执的小社区仍然满足于在传输网之外生存,这个事实一直让她无比惊讶。但她也感到了一丝丝的骄傲,因为自己长大的村子也是其中之一。她希望他们可以继续固执得更久一些。而当她开着皮卡沿着村子周围的老路走下去,那种奔涌而来的熟悉感不仅仅是一种怀旧之情,也带着些许愉快,她欣喜于自己还能在一个离开许久的地方感到如此自在。

她的卡车在满是裂痕的路上磕磕碰碰地颠簸着,未经修

第八章　家庭照护

剪的灌木从狭窄的人行道上探出头。她超过了一辆停在路边的车，又有一辆车超过了她。他们在往哪里开呢？安娜查看她的后视镜，但这辆车早就没影了，不见踪迹，就像她曾经的离去一样。

不过，她现在又回来了，这样轻松，驾车直接开回过去，让自己变成小孩，回到童年。不，也许并非如此，她这种行为更像是侵略自己的童年，但带着老于世故的成年人的气息，她能看到孩子未曾注意，从未欣赏的事物。因为如今她是那个老成的"村外人士"，她长大了，离开了村子，而这个世界也未曾止步。没人注意到她的回归，也没人在意她的回归。

安娜驶上商业街，扫了一眼那个小加油站，这是一个小地方，但也是社区的一部分。她记下了燃油的价格，又皱了皱眉，差点沮丧地摇起了头，但又迫使自己不要这样做。不，她不能这样想，因为当地人并不这么想。他们会开心地忙起自己的事情，而且不会介意花高价加油，就像他们不会嫉妒她的到来。

越来越多的车在路边排起了长队，堵住了街道。她不得不停下车，让其他使用道路的人经过。有人走路，她确实可以看见人们在商店间散步，她一瞬间有点恐慌，害怕有人会不小心漫步到路中间,再被她撞倒。但没人会这样做,在这里当然不会;她仍然保留着"村外人士"的思维方式。

她又拐过了几个弯,来到了父亲的房子,她童年时代的家。街角有一根粗壮的电线杆,几根电线组成的八角形图案,向四面八方延伸着,但似乎没有增添新的线路。她能够注意到电线杆,是因为她在有意寻找,这个景象令人宽慰。当她把车停在房子前,她感到自己的皮卡似乎填满了整条车道。当她跳下车,感觉自己变得更大了,她身体强壮,心智成熟,还有点优越感。她不知如何生出了一股责任心,她有了自己的大门钥匙。

她举起一大包带来的食物,走进家中。这是她从大城市带来的礼物,所有食物都是防腐食品,买到这些可不简单。这些日子以来,大部分食物都是新鲜的,因为它们可以做到新鲜。任何东西都唾手可得,因为一切都是那么简单可及。但她仍然照顾了老年人陈旧的饮食习惯,在一定程度上,暂时地。

安娜用脚关上身后的门,在前厅的昏暗中站了一会儿,对着熟悉的霉湿味微笑。还是那张破旧的绿地毯,还是那些丑陋的照片,还是那面深色条纹的壁纸。

"你拿到了吗?有没有找到?"

父亲跌跌撞撞地从黑暗中走向她，拄着两根手杖，像蜘蛛一般。

安娜看到父亲这样走路，感到有些震惊。她打开面前的手提袋，展示着里面物品的暗淡光泽。父亲停下来，检查着女儿的礼物，然后把一根手杖递给她，从她那里接过了手提袋，把袋子拎到胸前，跌跌撞撞地走向厨房。

"你能告诉我发生了什么吗？"安娜跟上了他，"……你这次又对自己做了什么？"

"啥？没什么。"他发出一声轻哼，将提袋高高举起，让它砰地落在一旁的餐边柜上。

"摔了一跤，仅此而已，为什么每个人都要这么大惊小怪？"他开始一个个往外拿罐头，一些罐头中装着凤尾鱼，还有一些是糖渍荔枝，而大部分都是卤牛肉。他一只手把罐头在自己面前摆好，一面念叨着："没法在村里买到这些，真是太荒唐了。他们说，*哦，不，对不起，我们没有存货。*他们还说，*没人喜欢这些东西。*完全睁眼说瞎话，六七个这附近的邻居，肯定也会买这些东西，而且还是常客。*不，不是因为这个*，他们说，*这些东西的运费太贵了。*嗯，我希望你可别让他们胜过你，多砍砍价。"他停下话头，转向女儿，"然后呢？"

"嗯？"

"我欠你多少？"

"什么？哦……没什么，没关系，我知道一个地方。"

她不想承认，只有到了国外，才能买到这些东西。只有几个小国家还生产罐头，这是上一代人的遗产，他们当时还觉得罐头很金贵。买到这些货倒是不难，但它们也不便宜。但不仅如此，安娜预感，父亲一旦知道了她是如何买到这些东西的，只会抱怨它们吃起来味道不对。

"好孩子，从系统里钻了空子。我就喜欢听这个。不过下次可以多弄点，假如我请客，这些东西可撑不了多久。喝茶吗？"

"爸爸，你怎么摔了？我为什么没听说过？"

她的父亲花了很大的力气，才把水壶装满，拧开燃气灶。"我猜你想要配几块饼干，或者其他什么零食。在餐柜上，顶层的那个大圆罐子，你肯定知道在哪儿。"

安娜根据指示拿到了饼干，是的，她知道饼干在哪儿，她仍需要伸长了手才能够到，但仍然比摇摇晃晃地在高脚凳上踮脚要好多了。

当她再次出现时，父亲已经在窗边坐下了，离蜂鸣的水壶很远。安娜开始整理起了餐盘。

第八章　家庭照护

"爸爸，摔的那一下，你应该跟我讲的。"

"只不过我在医院。"

"所以我才应该知道。"

"所以我才不能告诉你。"

"因为我会担心？"

"不是，因为我在医院。想想吧，孩子，我没法走到电话那里。"

安娜深吸一口气，然后屏住呼吸，咬紧了牙关，把注意力集中在泡茶上。

最近几年，她发现自己更加留意父亲的脆弱，但现在，她又增添了新的担忧：假如确实发生了什么严重的事情，她甚至不会知道，也没有人会告诉她。或许有一天，当她带着一大盘卤牛肉来到这里时，他早就已离去了。

但吵架也没什么意义，他会用某种方式把她的担心看成是自私的标志，会以为她把自己的感受凌驾于他本身的幸福感之上，甚至凌驾于他的人格之上。

安娜坐到桌子的另一端，把餐盘放在两人中间。

"你到家多久了？"

"出院吗？哦，大概几周吧。"他不屑地挥挥手中的饼干。

安娜皱了皱眉,但她的父亲并没有发现。

"我真的恢复得很好,一切尽在镇委会的掌握中,你明白的。他们已经回访我好几次了,他们要为我建立某种……呃,系统。就是那种……你知道的,传输用的玩意儿。是的,方便我的移动,让我更加独立,也更加安全。一旦我有了什么问题,'咻'的一声,我就可以到医院。不用打电话,也不用麻烦别人。"

"什么?"安娜睁大了眼睛,瞪着父亲,嘴上还叼着饼干,"但他们不能这样做。"她把饼干放回了盘中,"而且你恨那个系统,你真的恨它。你说过你永远都不会用它,永远。他们……他们不能这样做。"

"但他们可以这么做,而我不行。我曾经可以这样反对,而他们……他们终将胜利。"

"但这套系统太贵了,他们得把花园翻个个儿,他们还要把街道也折腾一遍。到处都得建上电缆塔,那些巨大、丑陋的东西。这里的人都不会同意这套方案,而你……你当然付不起这些费用。"

安娜的父亲笑着摇摇头:"我不需要,这是政府的阴谋,你懂吗?我们的镇议会,或者我们这片地区,他们这么形容这里,已经被选中了。系统的基建是免费的,完全免

第八章 家庭照护

费,而且不只是对我而言,整个村都是免费的。一开始,他们只会把几栋房子接入系统,是的,或许吧。因为这是一套合理的方案,会很快推行下去。"

"即使只把几栋房子接入系统,也需要进行大量的基建,即使只是安装电缆,也需要花费好几个月才能完成。而且你肯定很讨厌它,那么多噪声,那么多垃圾。爸爸,求你了,如果你真的担心自己的行动能力,我可以自己……给你搭一些东西,我会设计这些行动设备,把它们装好,没问题的。我可以安装一些帮你上楼的设备,假如你需要,我还可以住在这里,我不介意,没什么……"

父亲又摇了摇头,从口袋里掏出一本皱皱巴巴的小册子。他把册子展平,然后从桌上递给女儿。

安娜简单地看了一下。

"不行,"她看向父亲,"不,爸爸,不能这样。"

"不需要电缆,你看。再也不需要了,在这里……"他指指小册子,"这就是未来,事物在不断前进。"

"爸爸,这……这个主意可不好。真的很糟糕。"安娜小心翼翼地把册子展开,"你知道这是什么意思,对吧?"

"哦,是的,我当然知道。他们都讲给我了,也讲给每个人听了。这种方式确实很简单。"

"不，爸爸，一点都不简单。相反，它十分复杂，十分不安全，而且没有经过测试。"

"哦，但它会改进的。这就是我们，你明白吗？我们将会成为那些小白鼠。所以这套系统是免费的。"

"就是这样！你知道为什么你应该拒绝吗？你不应该让他们这么利用你，因为假如这套系统出问题了……"

"别这么歇斯底里的，它当然不会出问题。假如它有问题，他们就不会花这么大价钱把它建起来了。"

"但这只是一个梦想，一个幻想。"安娜举起小册子，控诉般地挥舞着，"这不是一套真的传输系统。而且，即使它从理论上而言是可行的，也需要几十年才能投入使用。你甚至都不清楚传输系统现在是怎么运作的，你从来不用传输，也从来不接受传输的理念，尽管有种种证据。而你现在突然开始接受这一套了？这一套？"

他的父亲面色平静，当他开口说话时，声音平和而笃定。安娜还小的时候，他就是这样说话的。

"乖孩子，这套系统简单又可行。他们只需要找到一条道路，一条隧道，和使用电缆传输没什么两样。电缆提供的是一条固定的路线，一条清晰的路线。而这套新系统只需要从空中找到一条路线，一条可靠的小道，就像闪电找到一条可靠的小道来到地面……"

听到这里,安娜又一次打开了小册子。她第一眼就看见了一张闪电的照片。而且,照片下方的确有一篇文章,几乎和父亲滔滔不绝地说出的理论一字不差。

"……所以,当闪电从云层中窜出,它需要在形成的一刹那,创造出属于自己的路线,它发出试探的触角,闪电的枝杈,来测试空气,寻找一条可靠的小道,寻找以太中的一个清晰的洞口。当它终于用一根明亮的卷须触到地面时,仅在那时……它才会向地面出击。它装载好自己的全部电荷、所有能量,在一瞬间,准确无误地通过空气,直接进入地面。"

安娜的父亲停下了,他呆坐着,盯着女儿,发出满意的微笑。

安娜冷笑一声,摇了摇头:"触角?以太?明亮的卷须?"她把小册子丢回桌上。"你其实知道他们在做什么,不是么?用这些胡话给你洗脑?只是因为他们声称这套系统是这样运作的,不代表这是真的。"

"它当然可以运转,因为它遵循了自然界的物理现象。只是这种现象发生得十分迅速,我们无法观察到它,真的,闪电到达地面的速度可以达到……"

"是的，是的，闪电的速度，我懂了。我读了小册子上的话。但这不意味着这种……这种无电缆的系统可以运转。"

"但它们如何才能……"

"这只是一张图片！只是一张图，一个模型而已，他们把这种错误的印象灌输到你的脑子里，想要让你相信。小册子的确做到了，显然是这样的。"

安娜的父亲耸了耸肩："那么，你觉得它会如何运转？"

"什么？我怎么知道？"

"但你没法否认它肯定可以运转，不然为什么他们要安装这套系统。假如这套系统完全没用，他们根本就不会费这个力气。所有这些，就像你如此斩钉截铁提到的，都要花大价钱。"

"不，"安娜的声音低沉下来，她用手指敲敲牙齿。"我不知道。"她突然向前探去，"但这不是我要说的！我想说的是，你根本不需要这套系统！你以前不需要，现在也是如此，因为这不是必要的。还有，你要到哪里去？去医院？值得为了去医院这么大动干戈吗？或者，你是为了更方便地去商店，然后再回来？真的吗？还有，你要去的商店也需要接入传输系统，不然的话，你做的这一切还有意义吗？"

第八章 家庭照护

"哦,安娜。"父亲悲伤地望着她,"我真的以为你会理解,特别是你。这套系统不需要对面接入,它不需要接入。它只需要一张'运输接收盘',然后这张盘就会校准到最近的天线杆,并不需要其他步骤,就是这么简单。你会有一条清晰的小道,一条可靠的路线,可以在天线杆之间快速移动。这条路线可不是随机生成的,不仅如此,它也不只可以用于长途旅行。你刚才不是还提到上楼梯吗?嗯,你来看看这里。"

父亲又从开襟毛衫里拿出了一本皱了一部分的小册子,从桌上递过去。

这本小册子没有那么浮夸,它样子朴素,就是在普通的白纸上用绿色墨水印成的。安娜并没有接过去,她并不需要,因为父亲还在继续说着。

"完全集成的内部传输,从房间到房间,还自带一个手持遥控器。你只需要按下一个按钮,然后*啪*的一声,你就来到了楼上。就是一瞬间的事,或者你还可以被传到洗手间、外面的花园。或者……哦不,等一下……或许你不能去花园。我得再确认一下,我不知道花园在不在覆盖范围内。"

他皱着眉头,把小册子拿回来,凑上前去,仔细地研究起来。

安娜叹了口气，开放传输、无电缆、空中的洞口、屋顶上的接收盘，这也太荒唐了。

"爸，求你了，等等吧。我不让你做别的，就只是……等等。别让你自己成为测试的小白鼠。等这套系统规范化了，等他们把所有的缺陷都修正好，因为……因为可能会发生一些故障。有些问题他们可能没有想到，或者有些问题需要改进。而现在，我可以建几条……让我想想，几条滑轨。用轮椅就可以让你从一个房间滑到另一个房间，你会喜欢的。而且，我喜欢为你造东西，或者我们可以简单地……重新布置一下这座房子。让你根本不需要去楼上，所以你就永远不用……"

"不，"安娜的父亲猛地从册子上移开目光，他的嘴角耷拉下来，"没法去花园，至少现在还不行，真可惜。我其实挺想要这个功能的，这样假如外面下雨了，我就能很快进屋。"

安娜嗓子发干，她想要说话，但什么也说不出来。她咳嗽着，父亲一时投来担心的目光，然后开始微笑。

"没关系的，亲爱的孩子，我肯定没事。我什么都不用担心，而你也不必多虑。他们那套方案方方面面都更好，而且他们还会负责后续的维修，免费的。这是他们服务的一部分，也是我们测试的一部分，而且，你过来探望我也更方便了。或许我最后还能过去看你，很可能。"他皱了皱眉，然后面露喜色，"我也该尝试点新东西了，对吧？现在我应该……拥抱变化。你妈走了，这该是多么……"

"我妈从来没有同意过搞这套系统。"

"哦，是的，或许是这样的，但她会很快……"安娜的父亲停住了话头，移开目光，看向窗外那个小小的、热闹的花园。"不，确实，她要是还在，一开始肯定会反对，就像是你刚刚做的那样。"他吸了口气，"但她不在了，亲爱的孩子，而我……唉……"

安娜不再逼父亲继续说下去，这场讨论暂时结束了。

那天晚上，她睡在自己过去的房间，过去的床上。她睡得不太安稳，她回来过夜时经常睡不好。曾经属于自己的空间已经被打扫干净，东西也做了清理，墙上重新装饰了花朵墙纸，放上了黑檀木家具，变成了一个乏味、干净的客房，她觉得很难在这里放松下来。

安娜并不觉得自己是一个客人，这些年来，她除了年龄增长、走南闯北外，也增长了不少见识，但她仍然是她父亲的孩子。她知道自己很难阻止他做这样的新冒险，毕竟他已经下定了决心，已经固执得无法改变了。

但他对于决定从未如此鲁莽,毫无疑问,要说服他是很困难的。更重要的是,他需要说服自己,而一旦他说服了自己,九头牛都没办法让他回心转意。

安娜试着告诉自己,从某种角度而言,一切都是最好的安排。她试着想象这样做的好处:她的父亲可以到处走动,会更加独立,而且这套系统最终可以变得更为标准化,它会成为一种常态。假如他不接受免费安装系统的服务,整个世界仍会大踏步地前进,再次把他抛在一旁——即使他还活在世上。

安娜挠挠下巴,试着驱散自己的想法。床头柜上放着一台小收音机,她小声地播放着节目,翻了个身。

* * *

安娜下一次拜访父亲的时候,发现当自己接近村子的时候,隧道中迎面而来的车道都被封闭了。没有道路施工的工人,只有路标和路障。隧道看起来和以前一样新。所有灯都亮着,灯光弯曲地延伸到混凝土隧道的内部。安娜这侧的道路已经改道了,车道分隔开来。安娜的卡车是路上唯一的交通工具。整个上午,她没有看到一辆车从另一个方向驶过。至少在这个方向,她不需要调整车道。只需要继续前进。

第八章 家庭照护

安娜在客厅找到了父亲，他静静地坐在一张大扶手椅上，双手摊在两侧，仰起头，闭着眼睛，张着嘴。他穿着一套一次性的防护服，就像工人们刷墙时穿着的那种。防护服是淡蓝色的，闪着微弱的珠光。

房间里放着音乐，似乎是某种歌剧，安娜听不出来，她不怎么喜欢歌剧。放高保真的音响的柜子大敞着门，地板上放着两大箱积满灰尘的老唱片。音乐声音很大，似乎填满了小房间内的所有空气。安娜知道，播放音乐的时候不应该打扰父亲，他也听不到她进门的声音。

她坐在沙发上，周围堆满乱糟糟的东西：一堆歪歪斜斜的相框里的照片，还有各种架子上的装饰品。她身体前倾，双膝并拢，小心翼翼地把手提袋放在双脚之间，里面的东西都沉甸甸的。

房间里混乱不堪，她进门时经过的走廊和偷看过的厨房里也是这样。粗看之下，整座房子似乎都被重新装饰过了，所有墙面都被剥干净了，似乎在为贴上新墙纸而做准备。但当安娜更加仔细地看过之后，她发现旧墙纸还在那里，只是现在已经贴上了巨大的白色的木屑壁纸，不，不是木屑。这种图案比木屑有规律太多了。而且这些木屑也有那种微弱的珠光质感。它们看起来更像泡泡膜，但气泡非常细小，紧密地挤在一起，不留缝隙。

这些白色的泡泡膜装饰粗制滥造。它们不是贴上去的，而是用订书机钉上去的。黑色的订书钉把它们固定在墙上，每张白色泡泡膜的边缘都有折痕。不仅是墙壁，它们还覆盖了天花板。整套装饰看起来相当丑陋，像是偷工减料的成果。

音乐来到了最后一个音符，然后停下了。安娜的父亲似乎活了过来，他睁开眼睛，向前坐了坐，快速地斜眼瞥了一下女儿，然后又看向天花板。最后他悠然自得地从椅子上站起来，走到装着唱片的箱子前。他的步伐坚定，甚至带着些轻快，已经看不出来瘸腿的迹象了。

"看看，是不是非常不错？"他把音响中的唱片取出来，放进唱片套。

安娜坐在那里，面无表情："我觉得音乐也没法掩饰，这间屋子现在看起来太可怕了……感觉起来也很可怕。"

"你知道……"父亲的手指在一摞黑胶唱片中停留了一下，"我好多年没有听过这堆唱片了。它们本来放在顶层阁楼，我昨天才找到的。我还在担心它们长霉，不过，还是可以正常播放的。"

"如果你这里可以点歌的话，那就来一首协奏曲吧。"

第八章　家庭照护

安娜的父亲苦笑着:"协奏曲全是糟糕的胡乱炫技,全是表演,没有什么实质内容。"他漫无目的地捋着这摞唱片。

"所以歌剧不是炫技?有那么多哀怨的咏叹调?毕竟,如果你想讲一个好故事,歌剧几乎是最好的方式。"

"啊哈!"父亲抽出一张碟片,脸上充满期待,"五重奏是否勉强可以满足你的要求?"

安娜笑了:"没问题,五重奏是可以的。"

两人短暂地达成了一致,音乐开始播放,但音量被调低了。安娜的父亲站在那里,脸上浮现出满意的神情,双手叉腰,伸展着背部,嘴里嘟嘟囔囔。

现在,安娜看出来他父亲穿的可不是什么一次性的防护服,松垮的料子有些厚重,织法也十分粗糙。这件衣服就像婴儿的连体服一样,下摆盖住了父亲的脚,兜帽还搭在他的肩上。安娜深吸了一口气。

"就是它了,对吗?这就是那套新系统,"安娜随便指指墙面,皱了皱鼻子,"不怎么美观,我还以为它要更华丽呢。"

"这只是初级的设置,用于校准的,这样系统会了解整个空间。"父亲还在做着拉伸。

"我希望他们最后会把它弄得漂亮些。"

狭窄的电缆从斑驳的墙面的底部探出。它们沿着这条踢脚线,一直进入走廊。

"这些东西都是用于内环的,这些电缆可以让房间之间的快速传输变得更加简单。"

"但你为什么需要在房间之间快速传输?为什么每个房间都要这样设置呢?为什么不能只做楼上楼下的传输呢?"

"嗯,何乐不为呢?装了这些设备,会让生活更加便捷,你不这么想吗?然后,只要按一下这个……"他在连体服的口袋中翻找着,取出了一只看起来像计算器的设备,只是比计算器更长一些,也没有那么多按钮,"……我就可以选择自己想去的地方。"

"的确,"安娜点点头,皱着眉头,父亲使用这套设备的时候如此随意,她却担心它随时都可能发生故障,"你只要别把这玩意儿丢掉就行。"

"只要它正在运作,就不会丢掉,它也不需要电池,不管怎样,房间之间还没有连接起来,我只是熟悉一下这种感觉。"安娜的父亲又跌坐回自己的扶手椅,"这玩意儿,"他重重地捏了一把粗糙的蓝色布料,布料缓缓地恢复原状,"他们说这是追踪服。"

"你是说运动服。"

第八章 家庭照护 | 181

"不,就是追踪服。它可以追踪你,不对……衣服其实不会真正地追踪你,追踪你的是这些墙面。但你只有穿上这身衣服,墙面才能定位到你。"

安娜做了个鬼脸:"所以你得一直穿着这件衣服?"

"为了方便起见。"

"这可有点疯了,而且这件衣服看起来很不舒服。"

"里面的面料更柔软一些。"

"然后呢?你通过电缆的时候,也需要穿着这身?他们是不是也要你去商店的时候穿这件衣服?"

"这里可没有电缆,没有。记住,现在这些都是无线的。是的……假如需要的话,我会穿着这身衣服去商店。"他观察着女儿的表情,"哦,人也不是一定要看起来这样。服饰不过只是偶然形成的习俗罢了。假如以后每个人都穿着这种衣服,而且可能很快就会这样,那还有什么问题呢?没人会觉得尴尬,每个人看起来都是一样的。"

"这也太蠢了。"

"一点也不蠢,一点也不。我很激动!这套系统会消灭那些关于时尚和魅力的荒谬观念,让人们穿上制服,也让衣服更加实用。人们不需要互相攀比,比谁看起来更好,所以他们会更幸福,也会更平静。它将会带来真正的民主。"

安娜累得不想争论，如果父亲想要看起来像个傻瓜，那就随他去吧，但她可不想穿成这样被人看见，她把手提袋拎上身旁的沙发，笨拙地扔到一摞杂志上。

父亲已经仰头躺下，听起了音乐，嘴唇随着音符翕动。他似乎对女儿从城里带回了什么并不感兴趣。

当晚，安娜睡得安稳了些，不是因为她对现状更加满意，而是因为她非常疲惫。她不在乎自己以前的卧室已经被安上了新系统，所有墙面都粗制滥造地贴着奇怪的白色泡泡膜。只是当她第二天上路时，才感到了一丝恐惧。她缓缓开出村子时，发现到处都是公司的货车，在私人车道、商店外、学校操场上。也能看到几个工人，他们都穿着追踪服，就像她的父亲一样。不过，他们也穿着沉重的靴子，戴着安全帽。他们从货车上搬下了一卷卷白色的泡泡膜，爬上屋顶，把传输接收盘安装在那里。在村子中央，安娜发现工人们竖起了一根巨型天线杆，好似一根巨大的火柴棍，淡粉色的顶部俯瞰着村中的房屋。

* * *

直到两个月后，安娜才再一次回到村中。她在隧道入口处的转角使劲刹车。现在，所有车道都被封锁了。隧道的整

第八章 家庭照护

个入口被锥形路标、警示标牌和松松垮垮的塑料胶带随随便便地堵住了。

安娜停下车,但仍让引擎继续转动。隧道内的灯没有开,好似山脚下长出的一个黑色的裂口。她试着回想,自己是不是错过了绕行路线?她是不是一直专注于空荡荡的路面,没有注意到交通指示牌呢?

她考虑着要不要穿过隧道,周围一个人也没有。她可以小心翼翼地前进,或许不会出什么问题。

不,她还是没法这么做。如果有人发现了她,她没有任何借口。她在中央的缓冲区调了头,从来时的路往回走。一直开出好几英里,才发现了另一条通往村子的道路。尽管她离自己的家乡已经很近了,但她仍然不熟悉这一带,她并不喜欢这种陌生感。

在村子里,几乎已经看不到车辆了,加油站已经被关停,高高的铁丝网围住了荒芜一片的加油区。村子的主路上空空荡荡,看不见一个人,简直就像是在闹鬼。不,安娜可以看到一些商店还开着灯,当她缓慢地驶过,低下头,仍能看见商店里似乎有人在走动。

至少她父亲的房子从外观上没什么变化,她的皮卡"砰"的一声关上门,这声音在宁静的乡村听起来十分诡异、尖锐，没有深度，也没有回声，这种噪音似乎无法在沉闷的空气中穿行。

安娜试着说服自己，这一切都是她的想象，毕竟房子的前廊没什么变化，她仍然需要把钥匙捅到一个特殊的角度，才能顺利地打开门锁。她进了房子，反手关上了门。

"爸爸？"

她的声音尽管很大，但在离开嘴唇的一瞬间就消失了。她等了一会儿，没有人应答。

客厅的地毯踩在脚下，有一种奇怪的感觉。她感觉四周的空气完全没有流通，似乎好几周都没人开一下窗户。

暖气片一定是在她到达前一刻才打开的。当金属膨胀，水冲过暖气管道时，她能听到它们的滴答声和潺潺声。直到安娜来到厨房，把包放在桌子上时，她才注意到锅炉上的指示灯已经熄灭。然而，她仍然可以清楚地听到系统的声音，它随机的敲击声、嘶嘶声和隆隆声。她环顾四周，看看父亲是否安装了二级锅炉。直到这时，她才再次注意到那些奇怪的壁纸，才发现所有的房间现在都已经完工了，实际上，整个房子已经被系统完全改造了。

自从她上次来过之后，房间已经整理干净了，所以变化不是那么明显。电缆已经被收起来了，厚厚的黑色订书钉被涂掉了。但如果她仔细观察，她仍然可以看到泡泡膜之间的接缝。现在她终于发现那些噪声——持续的轻敲声，嗡嗡声，细微的呜咽声——它们根本不是散热器的声音，也不是随机的。她每移动一下，噪音似乎就更明显。

安娜抬起胳膊，试探性地慢慢在沉滞的空气中挥舞，在墙的后面，出现了一阵迅速的轻击声，一阵轻微的砰砰声，然后尖细的呜咽声又开始了，不断地被一阵机械摩擦的细小声音所打断。

安娜被追踪了，安娜正在被持续不断地分析着，她每做出一个新动作，都受到了评估，而这套系统正在不断重新校准、重新计算。

"但我不能……我没有穿……"

她打住了话头。

"爸？"

她的声音变得微弱而犹豫，整个房子空无一人，但感觉并不空荡。房子本身散发出了强大的存在感，房子包围了她。

安娜自己的公寓中也有一套步入式的传输装备，她经常使用这套装备，但从未产生这样的感觉。当她进入自家的传输设备中时，她可以直接进入，快速准备好，然后完成传输,十分简单。这并不比任何其他类型的旅行更尴尬。但是这种永久的准备、持续的分析,不断发出的噼噼啪啪的声音……

或许系统会拒绝她,或许会这样,因为她没有穿正确的衣服,没有穿浅蓝色的连体防护服,系统的确会探测到她的出现,但只会认为她是一个物品,而不是一个可以通过的使用者。系统会无视她,会仅仅把她当做一件家具,尽管她会走动。

安娜在炉灶旁边的一团纸上草草地写下了一则留言,同时,房子中的四壁也在监视着她,从她的背后读取着信息。然后,她无声地离开了房子,极轻地关上了前门。

即使在她自己结实的小皮卡中,安娜也并不自在。她俯身看向窗外,从车道上倒车,然后小心翼翼地、悄无声息地穿过寂静的村子中心,回到主车道上。

这些道路和以往一样空空荡荡,但在周围的山丘上,她可以看到新的天线杆正在升起。它们像色彩明亮的细火柴杆一样,直直地刺向天空,它们圆形的头部色彩斑斓、闪闪发光,不断创造着新的点状传输网络。

安娜让车子加速,紧紧地摇上车窗,她不太喜欢窗外空气的味道。

第九章　切　断

"安吉，你再说一次？杂音太多了，从送话口直接说话，把话筒拿近点儿。"

"我说，一切顺利，妈。我在港口，我——在等着。我们都——［嘶嘶的杂音］"

"一切顺利吗？你们玩得开心吗？那场表演，其他人爱看吗？"

［听不清声音的说话声——笑声——］

"安吉——你好吗？我——我没法听清你的声音。"

"是的，是的，一切顺利，妈。我就是在等传输，等了好久好久。"

"你拿到排期了吗？他们现在应该能给你安排一个时间段了吧。"

"嗯——还没。他们还很忙，安德斯小姐说因为他们——[杂音]——而且还在逐年恶化。"

"但你可以直达的,是吗?你会直达的吧?我希望你没丢掉通行卡,摸摸口袋,让他们好好扫描。你一定一定要在他们扫描的时候再检查一下地址,一定要自己检查一下。"

"要是——[声音被旅客通知盖住]——就方便多了,一定会好很多。"

"安吉?你再说一遍?——我没听到。"

"假如可以无线化,妈,假如无线传输全面运行的话,就会——[杂音]——特别是国际旅行。你可以在大洋之间快速传输——咻——就到了一个新的国家。直接从你的——[杂音]——都是一眨眼的事情。"

"如果你告诉我什么时间能到,我就可以给你把晚饭准备好了。"

"[杂音]——已经吃啦。我们这边——[杂音]——真的很好。"

"安吉?信号好像更差了,你说什么很好?"

"[笑声]——是的——我很好,妈,真的很不错。今晚我会把所有事情都讲给你听。"

"没问题,但你假如回来得太晚,我可能会出门。我八

第九章 切断 | 189

点会去你小姨家,记得哦——八点,记在纸上。"

"好啦,妈,没问题。我就要——"

［突然安静］

"你还在吗?——安吉?"

　　　　　　＊　　＊　　＊

"——不是,没有报告延迟,还没有超出——当然,女士。您有通行卡的细节吗?——谢谢您。——我很抱歉,目前还没有那段编码的消息,您是否有——是的,我可以尝试一下另一种检索方式,假如您这里——是的,今天确实没有报告事故。啊,不,等等,除非——抱歉,我可以暂时把您放到待接上吗?——不,我只是需要和我的主管核对一些事情——多谢了。"

［电子钢琴声］

"您好,穆里根女士?——是的,多谢您耐心等待——是的,今天我们的系统中没有记录——不,没有这个名字的记录——我的意思是,我们恐怕没有办法确定传输是否已经完成——不,恐怕没有办法展示——非常抱歉,但我们没有办法获得这项信息——很抱歉,但是——不,我恐怕看不见任何——穆里根女士?"

* * *

"确实，或许，当然，但他们需要证据。切实、可靠的证据。我认为我们可以足够确定，他们假如没有足够证据，是无法继续调查这个案子的。"

"但那个老师呢？她肯定算是可信的证人吧。她没有看到那孩子进入旅行传输舱吗？她确实进去了？"

"我看看，您的意思是安德斯女士？我觉得——是的，我们从初步的报告可以看出这一点。但是，当正式接受询问时，我们向她解释了全部的法律意义之后，她就不那么肯定了。在那之后，她说自己只是*觉得*看到那个叫穆里根的女孩进去了。您看，还有那么多的学生。她不可能照顾到每个人。"

"那些孩子呢？这个女孩的朋友呢？肯定会有人看见她进去了吧。"

"不，您可能认为是这样的，但并没有。所有人都接受了询问，他们都发誓自己是在她之前进入旅行传输舱的。"

"嗯，不管怎样，我们无法接受。我们没法确认这一点，这无异于承认我们有错，承认事情确实发生了。"

"我完全同意您的观点，我们也确实给您提供了补偿，做出了让步,而且是非常实质性的让步,免费旅行,她和其他九个人都可以参与。亲友也可以一同前往,每人都可以享受终身服务。"

"听起来确实很慷慨,我希望她能意识到这是一份多么厚重的补偿,我的意思是,这可是好大一笔钱。她怎么说?"

"其实,她的回复挺奇怪的。我记下来了,是的。她只是问我们认为一生到底有多长。"

* * *

〔她手脚并用地趴在客厅的地板上,她正用一把螺丝刀拆开这台装置,她撬开了前面板,用手电筒照了照,然后开始深入研究。她正在拉出装置的"内脏"。它的简陋程度令她吃惊。这个装置在外面看起来多么结实,多么有设计感,但里面只有塑料和线路。几块简单的电路板,几处薄薄的镀金触点,没有任何迹象展现其功能的复杂性。她拍了照片。她打印了两套照片,把其中一套同她的故事一起,带去了一家报社。报社的工作人员认真地听着,记下了她所说的一切。他们告诉她,一旦他们开始进行调查,就会与她联系,他们希望从她那里得到更多信息:她女儿的童年细节、家庭照片。〕

* * *

"您看，穆里根女士，实质上来说这台装置仍然是属于公司的财产，即使它被安装在一栋私人住宅中，破坏装置仍是违法行为。当报社给我们寄来您的照片时，嗯，我们有责任回复……"

"我的女儿呢？安吉在哪里？"

"这点在购买合同的原件中已经说得很清晰了，我们这里有表格，也有您的签名……"

"当你们找到她时，她还活着吗？她有经历痛苦吗？"

"您的行为不仅会招致高额罚款，而且也是十分危险的。对您本人也是危险的，而对整套传输网络来说……"

"你们对她的身体做了什么？"

"您必须理解，我们有几十亿的用户，遍布全球，是确确实实的几十亿……"

"她是被送到其他地方了吗？她是不是回不来了？"

"从统计数据的层面来讲，传输仍然是旅行最安全的方式，您只需要看看我们的安全数据……"

"一共有多少人失踪了？"

"这个系统很强大，是的，非常强大，但前提是没有人干涉系统本身。而恐怕您的行为已经……"

"她周围是不是有很多陌生人?你们有没有安慰她?"

"然而,在这种情况下,由于您的这台装置是非常老的型号了,我们很乐意给您置换一台,更新的机型。当然,费用由我们来支付……"

"她知不知道自己发生了什么?"

"当新的无线系统在全国铺开以后,我们当然会再次给您提供必要的升级服务……"

"她有没有叫妈妈?我的安吉,她有没有哭?"

"谢谢您的配合,穆里根女士。您放心,我们很快就会再次联系您,为您安排送货和安装……"

* * *

"哦,哎,她会来的,就站在议会外面。无论是什么日子,无论是晴天下雨,拿着她那张破破烂烂的大标语牌,我确实觉得她很可怜,你也会这么想的。她周围没有一个人,你看看,街上也空空荡荡的。即使他们可以从窗户里看见她,假如他们真的能看到那么远的话,他们也不会理会。没人理她,哎,但我不是这样。我走过去,站在她身边,只是为了展现一点关心。你懂的,表示我和她之间的团结。因为我感觉这样做是对的，而且我同意她的观点，我真的同意，以一种拐弯抹角的方式。我总是觉得发生了什么，你明白吗？有些事情看起来有点可疑，你或许可以说，有些事情被*掩盖*了。而且我觉得不只有她的小女孩这么一件事，哦不不不，我觉得事件所牵涉的肯定比这要更为广泛。有多少失踪的人，是我们根本不知道的？我的意思是，他们*声称*传输比传统的、老式的交通工具更安全。但他们总会这样说的，不是吗？而且我想这种事故不只发生在这个国家，国外呢？或者在一些更贫穷的地方呢？毫无疑问，这全是政府阴谋的一部分，而且像是国际大阴谋。或许是某一种，你懂的，*种族清洗*——他们用的是这个说法，对吧？轻轻松松就能解决这么多人，还能处理一切人口过剩的难题，动动手指就能解决几十万人，让他们瞬间消失。就是这样，所以，嗯，我把我的理论也应用到她的身上，我告诉她，我是*站在她这边的*，但我不知道她是否听懂了我的话。一般来说，她都很安静，甚至你可以说她很安详，只是呆站在那里，盯着议会建筑，支起她那块该死的标语牌。而且老实讲，我觉得她这样做无法带来任何改变。这套系统太根深蒂固了，再做任何事情都无法带来改变。但你知道，这种抗议对她也是有好处的。而且你得佩服她这种不懈的坚持和坚定的决心。"

＊　＊　＊

［她跪在客厅的地板上，手持一把大剪刀，在她周围摆放着褪色的报纸和散了架的杂志。她剪下报道、文章、照片，她把剪下的碎纸片放在一个鞋盒里。她并不阅读这些文章，只是目光会在图片上停留一会儿：他们对一些已经不存在的事情提出了奇怪建议。电视开着，但音量细如蚊蚋。一个由评论员和学者组成的讨论小组站在演播室观众面前的昏暗的舞台上。］

"——但假如这个人不再存在了，就像那样，我的意思是，真正消失了。那么我们如何才能证明她真正存在过？我们能拿出哪些证据？"

"或者，假如她确实化成了粒子，而那些粒子还可以算是存在的，那么我们是否真的可以认为她已经离开我们了？更进一步讲，根据什么法则，我们才能认为，那些粒子仍然有资格成为她？"

"你上面那段话的意思是，她其实没有离开我们，而只是换了一种存在形式？变成了另一种物质？"

"的确如此。我们所知道的她的人生，可以说，只是这种存在的一个侧面。也许，可以这样说，甚至不是她*本身的存在*。因此她是，或曾经是，就其本身而言，只是单纯另一个人的延续？或者其他*物质的*延续？"

"的确如此，*她*现在已经继续前进，成为了另一种物质，采取了另一种生存模式。你知道，我们往往会有一种思维惯性，就是从我们自身有限的视角来思考这一事件，而不是从基本物质的层面来思考。"

"但假如我们称之为*存在*，我们称之为*生存*的东西，已经超越了单纯的物质存在，假如我们的存在——或者换个更好的说法，人生——就是如此，那么是的，我想可以说，在我们一般人的语境下，她已经不在人世……"

"哦，但这件事可没有什么'单纯'的。我们必须小心，不要让我们个人的视角干扰了对深层真相的体察。那么，究竟是什么让任何一种状态、一种存在方式有资格凌驾于其他状态之上？说一种状态是人生，而另一种不是。"

"但现在是*我们*在说话，这些是*我们的*话语，*我们的*交流方式，而我们，通过不断创造和使用语言，不管怎样，还是可以清晰地说出这些词语意味着什么。所以，是的，假如对于*我们*而言，对于我们的*自我*而言，我们可以

第九章 切　断

选择说……"

"所以你的意思是,现在这个问题变成了一个语义学问题?我们已经让这场争论沦为单纯对*话语意义*的争论了吗?为了我们对此事的经验性理解,而不是更加激进的理解?我们要将一组字母、一种声音、一个观点、一种意见强加在何种事实之上呢?"

"不,我相信时间的真相仍然得是——就其本质而言——可以言说的,假如你不断扭曲在我们之间沟通的方式,将话语带到我们自身经历的领域之外,假如你的确无法与我交流你所想象的现实,那么你究竟要如何实现……"

[*她盯着屏幕,没有愤怒,没有表情,她感到自己脸颊发烫,缓慢而沉重的脉搏让她的脖子痉挛。她关掉电视机,从遥控器中取出电池时,手指不断地发抖,就像是从手枪中取出空弹夹一样。她把这只不再工作的遥控器放到水槽下方的橱柜里,再把电池放进餐具柜中。*]

* * *

"我和她感同身受,我真的可以。我知道这不是同一层次的事情，但我的确理解她的感受。我有一次丢了一块手表，那是我祖母的手表，是她去世前交给我的。这是块金表，独一无二，是我对她仅有的留念。我去哪儿都戴着它，但当我度假回来的时候，手表消失了。它一定是被系统拒绝了，这种事情的确可能发生。我哭了好几周，但我最后只能接受这个事实，我再也找不回这块表了，做什么都不管用。"

"这很糟糕，确实，但不应该放弃抵抗。我们永远都可以做一些事情。我个人认为，应该拆掉所有传输机器，全他妈拆掉。掀翻屋顶上的传输机器，扯断所有还在世界上蠕动的电缆。不要使用它们，就是这么简单，不要使用。那么，悲剧就不会发生，简简单单。"

"我听到了你的想法，但你知道，他们不会这样做。你知道，他们永远都不会这样做，一切都太迟了。这套系统已经根深蒂固，不仅仅密布在世界各地，而且深深地扎根在社会的每个角落。我同意你的观点，真的同意，我也希望可以摆脱这套系统。我们曾经不需要传输机器，但如今我们拥有了这样的系统。而因为我们拥有，所以我们必须使用它，而老百姓们不希望取缔这套系统，他们会受不了的。因为一切都会崩溃，整套社会体系都会分崩离析。"

"会这样吗?我的意思是,真的吗?假如所有传输机器都被拆掉了,所有——随便你怎么称呼,所有这些基础设施都没了,人们真的会无法继续生活吗?我们会蠢到没法脱离这些设施维持生活吗?"

"是的,我是这么想的,抱歉。我也很讨厌这套系统,但确实,我们把世界变成现在这个样子,所以我们需要与自己创造的现实共存。所有传统的贸易渠道都已经死去了,生锈了。我们从来不想着它们,因为它们看起来很迟钝,但这就是我们面对的后果。人们忘记、忽视了传统的交通方式,而你没法把它重新启动起来,那也是没办法的事,而当然,他们也告诉我们,整个世界都依赖着贸易,而这也是我们一手创造的。"

"不过,你知道我最讨厌的是什么吗?是他们如何把她的案子当作一个反常的数据,一种小概率事件。他们说,这场事故是一百万分之一的概率。不,对她而言不是这样的,这场事故对她而言就是百分之百。你明白吗?她失去了一切,因为女儿就是她的一切,而她的女儿失踪了,永远离开了她。我希望人们可以理解这一点,我希望人们可以明白,我们不只是蹒跚着过完一生的许许多多的数字;而这里或那里的一些损失,并不是小事。"

＊　＊　＊

"——是的，这个产业十分重要——是的，我接受您的观点——不，我并不是这个意思——不，当然不是——我的意思是，假如您让我说一下的话——不，我的想法是——不，情况并不是这样的——是的，而且所有旅行的方式都有一定的危险性，您不能忽视这一点，就像生活中的每一件事情都可能带来危险一样——不，的确，活着就意味着——活着就意味着——嗯，假如您真的认为这样说是为了公众利益——不，假如您听我说完——确实，这关乎选择，个人的选择——是的，真实的选择，以及——不，知情的选择——是的，但是——这归结起来就是信息，而假如那些使用者——假如那些使用者——假如使用这套系统的人——是的，确实，每个人都在使用这套系统，是的，确实是这样的——不，我认为他们确实是有选择的——而我们每个人都是——是的，即使在贫困乡村——是的，我们仍然在——不，假如您能听我讲完——假如有人告诉他们这其中潜在的危险——不，不是警告，假如他们可以被告知——嗯，我相信这确实是教育的问题——是的，这些潜在的危险——这些潜在的危险——这样使用系统会造成的危险——不，这并不是散播恐怖谣言——真相就是有人死亡——不，真相是——真相是——确实，这是事实——假如人们可以明确这一点——是的，让人们做出知情的选择——我就是这个意思——因此，我的建议是——"

* * *

〔*她关掉了一切，家中的所有设备，她关掉了墙上的开关，拔掉了插头，让它们悬荡在空中，她坐在沉默的房间，切断了一切联系。而在这种寂静中，她的新机器发出的嗡嗡声更大了。这台模型上没有电源开关，没有她能接触到的线路。它是用管道连接的，从不关闭，永不停歇。而她就坐在它旁边，后背靠着它，听着那嗡嗡的声音。她想知道有什么东西可能仍在传输网络里转来转去，有什么东西可能会通过其他的怪异事件，从里面释放出来。只要它还在发出嗡嗡声，只要它还在运转。*〕

* * *

"是的，那么我们就来到下一项议题，如何关闭老旧的电缆传输系统。这个项目要如何推进呢？几个月？几年？——好的，这还不算太糟，只要所有天线杆都就位了——是的，我们需要确定每个人都表达了他们的观点——不，我真的想听取每个人的意见。我不希望把某个人排除在这项决策之外，一个人也不行——嗯，自然，但假如我们不努力，假如我们不做出承诺，就会出现抱怨的声音——当然，而且我们更想要一个开放的系统——当然，不是一个封闭的系统，我们永远都是想要更加开放——不，我觉得让两个系统协同作业并不是很明智，可能会造成无法预见的问题。所以我们最好还是抓紧这个机会，趁这个时候——是的，旅行服和追踪系统的进展如何了？——我们有全套设计了吗？老人和小孩的？男装和女装？大码和小码？——不，但我看过了最开始的草图——当然，我挺喜欢的呢——嗯，是呢，就我所见——我同意，我觉得光卖这些衣服就可以赚好大一笔，毕竟人们也喜欢购买这些，他们会想要的——好的，马上开始做吧，别忘了找一些名人背书，应该不难——哦，关于那个谁的事件到底怎么样了？呃，那个叫穆里根的女的？那件事情发展到什么阶段了？——不，我没时间读完整篇报道，这是一个关于什么的事情？断电吗？真的吗？这种事情真的有可能？——嗯，我需要你们把这件事情调查好，不要瞎猜，我需要——是的——我看看——所以你的意思是你根本不知道——好的，那就这么说吧——好的——但是真的是因为断电吗？我的意思是，我得说，这种原因听起来很糟糕——当然，好的，假如你觉得这种事故是可预见的。但为什么没有人预测这种事情呢？相比于整套系统，这种问题听起来很基本——你的意思是，传输完成以后，但人还没到达的时候，发生了断电？所以，这起事故是在，怎么说呢，几毫微秒之间发生的？这简直就是光速之间，对不对？而你确实不是在说——嗯，好吧，假如你觉得真的有可能发生这种事情——是的，毋庸置疑。但不管多么不可能，我觉得我们还是应该——对不起，假如我说这是一个大问题，这就是一个大问题，而且坦白讲，我不希望再听到这种事情了，永远都不要。所以，假如有机会，即使是远程地——嗯，假如你们主要担心的是这个，那么我们可以在传输通道封闭时，切换成内部电源，用电池、电容器，或者能源——当然是可行的，假如我们要处理的是毫微秒之间的事情，那么我们只需要几毫微秒——好的，我来就是为了这件事情，我需要你们马上开始做出改进——是的，我需要看见设计和草图——好的，这位女士怎么样了呢？她还在惹麻烦吗？是不是还在缠着我们？——哦，那为什么不呢？——嗯，我们给她赔偿了吗？她接受了？——好的，当然，我明白了——哦,得了吧,你没开玩笑吧。没有吗?——真的吗?——你没瞎说?——哦,好吧,呵——我没有——我猜是这样——嗯,你明白的,留意一下她,你们无论做任何事情,都别忘了有她这样一个人——不,我就是想说,那些闷声不响的人,你才最应该留意。假如他们还在吵吵嚷嚷,你至少还知道从哪里——当然,谁能肯定她在谋划些什么——嗯,到时候告诉我——好的,没问题——不错不错——我们下一步怎么做?——"

第十章　一条清晰的小路

"然后,我发现自己在外面走,漫无目的地闲逛,在竹林中,我不希望离开房子太远,天气很冷,我也没穿睡衣。我觉得这些竹林可以给我一些遮蔽。但当我抬起头,却发现许多摇摇晃晃的电线在天空交汇,一直延伸到天边。而天空本身也被云雾遮蔽,然后我就冲向了天空。沿着这些电线,进入那片天空。我本来不想去的。有东西带走了我。有东西把我从竹林中的安全地带拉了出来,把我推到空中。但这是一个彻头彻尾的错误,我没有申请传输,也没有穿合适的衣服,我什么都没穿。而我现在正以这种不可思议的速度在云层中移动,我是一种雾。云层紧紧抓住我,它想把我拉到自己身边,它想把我从自己身边扯走。但我走得太快了,我已经走了几千英里。我看不到我下面的东西。天空雾蒙蒙的,一片漆黑,但我强烈地感觉到那里有水,在我下方很远的某个地方，水面广阔，无际无涯。我开始担心，我会被当作一朵云，被丢进水中，随着雨滴一齐落下。我将被赤身裸体地抛入那片黑色的海洋中间，海洋将把我一直吸到海底。但我的速度太快了，即使我要落入水中，即使这片海洋有一定的深度。不过假如我落到陆地上，情况会更糟。现在我感到有什么东西在把我往下推。我不是在自由坠落，但我感到了向下的推力，我被推着离开了天空。地球上到处都是红色的斑点，小小的红色针孔，而我现在被抛向其中一个。尘土飞扬的水泥路面上有一个红色的小圆圈，旁边是一些大的金属轮式垃圾箱。那是在一个工业区。我发现所有的建筑物突然变得非常大，我甚至可以看到带轮子的垃圾箱、高大的铁丝网，以及沉默的机器。但红点本身并没有变大，它仍然是固定的、闪闪发光。无论如何，这股力量都想把我扔到那个小圈子里。而我感到一股尖锐的刺痛，当我撞到那个圆圈的中间时，感到了强烈的刺痛。我的所有内脏都受到了冲击，五脏六腑在体内被猛地往下拽，这让我感到非常恶心，我难受到不能动弹，不能承受自己突然而来的重量。我离开了云层，赤裸着身子，不知道自己在哪里，在某片陌生土地上的某个巨大的商业大楼前。在大楼的入口前，人们到达这里，进入大楼参加他们的会议。但在这里，我躲在后面的空地上,在我的小红圈里挤来挤去。下雨了,我哭了,一切都湿漉漉的。但我知道我必须尽快离开那个圈子,因为会有其他人想要使用它,他们会撞到我的身上,会和我出现在同一个狭小的空间里,会和我挤在一起。我用尽力气才弄清楚这一点。我爬得很慢,慢得令人痛苦,慢得就像我在试图仅凭思想来指挥另一具身体。我几乎感觉不到它,就像我几乎感觉不到自己一样。我一直害怕有另一个人会来到这个红圈,这让我十分恐慌,逼着我继续前进。但在我知道自己已经没事的那一瞬间,在我把最后一根脚趾拖出红圈的那一瞬间,我的力量又回来了。就这样,我再次感觉到了真实,全新的真实。即使天在下雨,也没让我感到烦心,雨水很暖,就像淋浴一样,不过我不能再次逗留,我赶紧离开,不然就赶不上那场会议了。但当我开始离开时,我听到身后传来了嘎吱嘎吱的声音,以及物体撞击和滚动的声音。我转过头,看见了一只巨大的带轮子的铁垃圾箱在移动,四个小男孩在后面推着它,让它嘎吱嘎吱地向前滚去。他们把垃圾箱涂成红色,如同红圈一样、闪亮的血红色,他们笑着,互相之间窃窃私语,所以我向他们大声喊道:*嘿!* 我很生气,我可以感到怒气在我胸口涌动。我赤裸着身体,站在雨中,站在一片陌生的土地上,但我不在乎。我体内的怒气在上升,在迫近,简直就要在我面前爆炸。而这些窃笑着的小孩正在把这只垃圾桶推到红圈里面。在那一瞬间，我知道其他人肯定就要到来了，那个人已经飞过了上千里路，正在云层中猛冲。很快他们就要来了，而他们会撞到这个垃圾桶里。他们会被迫和垃圾桶占据同样的空间。我再一次喊道：*嘿！你不能这么干！这样很危险，是犯法的！*但这些孩子只是笑着，不停地说着，开心地尖叫着。他们向我叫道：*这只是个玩笑！我们只是开心一下！*他们用笑声互相鼓励着。*不，*我向他们靠近了些，*这不是开玩笑的，有人真的会受伤，你们现在赶紧把垃圾桶挪开。*他们一步步后退，而我一步步逼近。*哦不不不，你错啦，你没看清楚，我们不需要做任何事情。*他们小心地避开我，但下一个传输的人越来越近，某个和我一样的倒霉蛋正在极速逼近这红圈，我气得要死。雨点打在我的身上，简直要冒出蒸汽来。在我步步逼近时，这些男孩怕极了，他们害怕我糟糕的裸体。我打算抓住他们，紧紧抓住他们，拧着他们的胳膊，让他们明白这有多严重。*我会把你们的行为报告当局，你们都得进局子，我可以逮捕你们，就在这里，你们将作为公民被我逮捕。你们叫什么名字？告诉我你住哪儿！*他们退缩了，看着我身后的天空，开始不住地颤抖。因为有一个东西很快就要到了，有什么东西离这儿很近，而这些男孩已经意识到了。他们现在才明白，但一切都太晚了，因为做什么都于事无补。当这个东西到达的时候，传来了撕裂的声音和一声惊呼，接着空气中充满了空洞的金属哀鸣。男孩们惊慌失措地跑开了，但我回了头，转过了身，然后发现亮红色的垃圾桶与另一位传输者融合在了一起，那位女士被困在了垃圾桶里，她猛捶着垃圾桶的四壁，垃圾桶颤抖着、摇晃着，发出'咚咚'的声音。但这位传输者没法出来，她试着在垃圾桶里深呼吸，但似乎全世界的垃圾都在让她窒息。她十分恐惧，但我却无法感同身受。在那一刻，所有的恐惧和愤怒都离我而去。我平静到简直无法移动，我只能站在那里看着她，双臂无力地垂在两侧。然后，这个传输者也不再挣扎了，她不再发出哭喊声和捶打声，似乎失去了一切力量。她的生命已经离她而去，而垃圾桶内一片寂静，那里非常狭小、昏暗。而死亡应该也是一种幽闭、孤独的感觉吧，所有人都逃走了，没人发现我还在那里，没人知道。一切都不重要了，而我也从来不太重要。我可以听到雨敲在垃圾桶盖上的声音，听到自己缓慢的呼吸，感到自己沉闷的心跳。但我内心十分平静。因为死亡本身就是一种平静的感觉。"

* * *

特丽莎的手紧紧握住她的咖啡杯。她向前探着身子，清晨乱糟糟的红发像帷幕一样垂下，围在杯子四周。她盯着这只乏味的空杯子，然后放松了一点，靠在椅子上，抬头时把头发拨开。

"是……这样的吗？"

水霖坐在桌子对面，忙着给第二块面包涂上黄油，同时还在吃着第一块小面包，时不时地从小咖啡杯中啜上一口。她的头发在早上也是乱糟糟的，短而邋遢的黑发从靠着枕头的地方胡乱支棱起来。她用摇头回答了这个问题，同时嘟囔出一句含糊不清的否认。

特丽莎皱起了眉头："什么，并不是这样吗？"

"不怎么像。"水霖用力吞下口中的食物，"不，你看，你其实不太理解这种感觉。或许会有一点点晕眩，就好像你在旋转，就好像你突然从座位上站起来，懂吗？你的头脑需要一段时间，来适应周围的新环境。就是这样。我试着闭上眼睛，这会让适应的过程简单些，但你无法每次都及时闭上眼，因为这一切都太快了，明白吗？"

"那这些垃圾桶呢？这一部分真的把我吓坏了，你觉得吓人吗？"

水霖站起身，最后一小块面包探出她的嘴角。她把盘子和杯子拿到水槽边，滑进满是洗洁精的水中，然后又摇了摇头。

"这种事情不可能。你不能直接像那样把一处红色基站堵住。会被监视卫星发现的，而那里还有其他的感应器。他们会发现的，总有一些东西会探测到危机，然后传输就会终止。"

"但假如是在最后一刻呢？假如是在最后几秒钟，基站被堵住了呢？"

这个问题被水霖的笑声打断了。

"特丽莎，这一切都十分迅速，就在一刹那之间，你懂吗？是真的很快。"她笑着耸耸肩，"不可能会发生……"

但特丽莎却没有笑，她闷闷不乐地坐在那里，再一次盯着空空的咖啡杯。

水霖站到了她的身边，轻轻把手放在特丽莎的头上。特丽莎侧过头靠着水霖，让水霖扶着她，轻拂她的头发。

"对不起，我不是这个意思……你还好吗？我很确定，这一定很可怕，听起来也很糟糕。而且我很同情你，要去经历这些恐慌。但这确实只是你的想象罢了，你明白的，对不对？你在睡着的时候，过去的恐惧会放到最大。"

特丽莎的眼眶湿了："这一切都太真实了，而我好讨厌这种感觉，也很讨厌你一直否定我，你每天都这么说，就好像这种事情没什么大不了的。但我知道，我真的知道，你得这么做。我懂，但我就是讨厌你这样，我希望你别再这么说了，我希望所有人都别这么说了，我希望……"她不出声了。

两人沉默了片刻，水霖接住了特丽莎的话头，说了下去。

"你希望可以回去？"她感到自己抚摸着的头轻轻点了点，"我明白，没关系的。"

特丽莎突然看向她，睁大了眼睛："我不是说想要回家。我希望你别这么想了，我不是这个意思。因为……我也回不去了。再也回不去了。而我在这里很开心，我甚至从来没想过离开。我只是想……"

"是的，我明白，没关系的。"

水霖继续轻抚着她的头发，然后拍了拍特丽莎，她的动作轻柔又坚决，然后离开了。

"但我现在必须准备出发了，你会好好的，对吧？吃点东西吧，你真的应该吃一点，然后你就感觉好多了。"

第十章　一条清晰的小路

特丽莎虚弱地点点头，水霖匆忙地上了楼梯。

* * *

淋浴的水非常烫，蒸汽充斥着白色浴帘后面的狭小空间。水霖站在淋浴的花洒下，一动不动，紧闭着眼睛。她吸收着热气，感受着血液涌到皮肤的表面，感受着皮肤努力地释放刚刚吸收的新能量。

她听到浴室的门开了，她感觉到空气的流动，周围的空间瞬间打开，然后听到了塑料与塑料之间的轻轻撞击，以及一个东西放在另一个东西上的吱吱声。

"你真没用啊。"水霖睁开了眼，在花洒下眯着眼，"你就不能离开我一个人待会儿吗？"

"明白，明白。但我要走了。然后……还有……我刚刚在想……"

水霖叹了口气，开始在洗澡刷的刷毛上打起了肥皂。

"我觉得你确实有点想得太多，这是你的毛病。但没关系，你还是跟我讲讲吧，讲讲你现在在想啥。"

浴帘那头的声音立刻就开始讲了。

"我在想，为什么我们还是很容易记起那些过去的日子。你明白吗？尽管已经过去二十多年了。而且过去一切都更简单,这似乎是陈词滥调了,但确实是这样的,不是吗?那时所有事情都更简单,有线系统简单太多了,也没有这么多烦人的事,我甚至还记得那些公共的传输亭。那个时候,你总得随身带几枚硬币,用来付传输的费用。我那时候还是个小孩,但我什么都记得,而且记得好清楚。难道你不是吗?"

"嗯嗯。"

"那时候的你,知道自己在哪里。你带着传输票,走进传输亭,然后就离开了。一切都是脚踏实地、固定不变的,而且只需要一次性支付。"

"传输费可是贵得很。"

"的确,当然啦,传输费就得那么贵。但你知道需要付多少钱,也接受了这点。但你不需要使用这些设备,假如你……嗯,假如你不是真的需要。但如今,我们有什么呢?你上次买传输票是什么时候?"

"其实,我大概一周前就付了一次传输款。"

"哦,那是当然,付款订阅服务,为了继续享受传输。但你不会拿到一张票,这两件事情是不一样的。"

"差不了太多,我买的是一张季票。"

"但这张票永远不会有尽头,只能不断更新,不断续订,不断继续下去。你永远不能停止支付传输的费用,也不会有人这样做,所以你就要一直一直永无尽头地付款。"

水霖关掉了花洒,踏上浴缸高高的边缘,伸手去够毛巾。

"我还是觉得没什么差别,莎莎。你到底在说什么啊?"

"嗯,难道你不怀念过去吗?不被绑定在这套体系里的日子,不被枷锁困住,就能通行全世界的日子?你不怀念有所选择,有所掌控的感觉吗?"

"我现在有很多选择。"

"是啊,没错,或许你可以选择自己的服务等级,可以选择升级,选择赠品。"

"对喽,"水霖把她短短的乱发擦干,"而且我喜欢这种选择。或许你喜欢纸票带来的保障,但现在这种方式让我自己有了掌控感。我可以选择如何使用这种服务,而它所提供的的确是一种服务,而且我确实每天都会用到它。我花的钱物有所值。"

"不,我不是这个意思。我想说的是,你必须得这样选择。你明白吗?你其实别无选择,你没有真正的选择。"

"嗯,不过这就是人生啊。我必须工作,我必须到工作单位去，假如我不这样做，会产生什么后果呢？我们所有人都得去……"

特丽莎目光中带着怒气。

水霖停下了话头："对不起，我不是这个意思。你知道我不是这个意思，我……"她向门口点了点头，"我现在就得走了，我去换个衣服，不能待在浴室里了。所以，你在这里不会有什么问题吧？一个人，就待一会儿？"

特丽莎没有回话。

* * *

在卧室里，水霖站在她的开放式衣橱前。

"升级，嗯？"

她盯着衣橱里的衣服，有太多选项了。而她也可以买得起。从背心到短裤，到手套，再到鞋子。这些衣服设计精良，款式时尚，她可以随意组合、搭配。它们与过去的衣服几乎没什么差别，而且每次发布一个新系列，衣服的细节都会变得越来越好。

"和穿以前的旅行服没有什么区别，但不是这样的。以前人们都穿着标准的、还过得去的旅行服，而且假如每个人都穿一样的衣服，那么……"

她选好了衣服，一件森林绿色的夹克和一条黑色的休闲裤。不过这些只是衣服外侧的设计，而所有款式的内衬是一样的：深色的亮面材料，它把身体裹得紧紧的，一直到喉咙。她让自己穿好一件，然后把另一件固定在这件的上面，小心地用电线把每件衣服固定在一起，这样她穿的所有东西都被连接成一个整体。即使她穿的短靴也是一样的。

她从夹克的口袋里掏出一个窄窄的小黑盒，检查了一下读数，三根二极管发出琥珀色的亮光，但两根还在闪烁着红色，提醒她穿戴好*手套和帽子*。没什么问题。她没做好全部出发的准备前，是不会戴手套和帽子的。

特丽莎走进来，一下子坐到床上。

"我好无聊，"她偷偷瞄向水霖，"太太太——无聊了。"

"不，你不是。"水霖没有看她，她从衣橱里拿出两只帆布背包，虽然包不大，但很沉重。一只是海蓝色的，另一只是淡紫色的。两只包都是由与外套和长裤相同的面料粗粗织成的，有相同的带着金边的连接点，并从每个连接点伸出几根细细的电线。"别指望我会请病假，我不会为你的缘故请假。我下午有个会，挺重要的，他们要求我必须到场。"

"他们让你穿过大半个地球，只为了出席一个什么无聊的会？"

"假如我不去，假如我没做出点小小的努力，来到会议现场，而我们的竞争对手去了呢？你知道这会带来什么后果。"

"是啊，是啊，我知道。"

"而且我不会走*大半个地球*。"水霖轻蔑地揉揉鼻子，把海蓝色的帆布背包放回了衣橱。"只有将近四分之一个地球。不管怎么说，距离不重要，不管你走多远，其实都一样。你懂的——都遵循闪电原则。"她解开淡紫色背包上的一个口袋，开始检查里面的读数。

特丽莎伸长了脖子："你充过电了？我希望你把它充好电，假如它突然没电该怎么办呀？"

"电很足，而且现在传输一次也耗不了多少。"

特丽莎打了个滚，平躺在床上，盯着天花板。她听着雨打在房顶上的声音："嗯，其实我不理解，感觉这玩意儿会耗很多很多电。你理解吗？就这样传输一次。"

"不，其实不会，现在不会耗那么多电了。"水霖含糊其辞，她在找什么东西，先翻腾着床头柜的抽屉，又检查了床底下。"现在……编程的方式不一样了，扫描的方式也不一样了。它会适应你，它，呃……使用过往储存的数据，只会

第十章 一条清晰的小路 | 219

监测微观的数据波动。然后它只需要……"她直起身子，"你看，我其实也不太懂它的原理，但它很好用，这才是事情的关键……"她看向床上，"特丽莎，你看见我的钢笔了吗？"

特丽莎坐了起来，然后从她自己那边的床头，伸手翻找着桌上的东西。她转过身，递给水霖一支钢笔。笔身是白色的，十分平滑，符合人体工程学的设计，中间奇怪地弯曲着，一端向外突出。从某种角度看来，它简直像一把塑料刀。

水霖从她手中接过钢笔。

"你用过它？"

"没有。"

"特丽莎，这些东西可不便宜。"

"所以呢？"

"所以……"水霖把笔放进包里，"家里有的是你可以用的笔。"

特里莎撒娇似的倒回床上。

"啊，是的，可别忘了你标准化的钢笔，还有标准化的笔记本、标准化的计算器、标准化的午餐盒。得把这些装备都弄到手，还得收集一整套。天知道，假如你往口袋里装了什么不是从我们那些智慧、幸运的领主大人那里买的、由他们制造的东西，会发生什么严重的后果。"

水霖没理她，走到了床边，匆匆地看了眼窗外的雨。她再次从口袋里拿出了那只窄窄的小黑盒，用大拇指滑过上面满是凹槽的滚轮，查找着她此前保存过的目的地。

她身后的声音突然变得十分柔弱。

"水霖？"

"怎么了？"

"你不怀念留长发的日子吗？"

水霖没说话，雨水从排水系统流下来，形成了一道长长的、破碎的雨幕。在森林远处的上空，她可以看到一小块蓝色的天空。

"我喜欢你留长发的样子，长发太适合……你了。"

"你知道我为什么要剪短。"

"我知道。但你的睫毛肯定也会偶尔从帽檐里伸出来，或许是这样，但*他们*没有要求你拔掉睫毛。不管怎么说，你真的觉得头发会像他们说的那样吗？你真的相信吗？"

"我不知道，我也觉得那不是他们让我剪短的原因，短发就是更……方便。"

"但你不怀念长发吗？"

"每个人现在都是短头发，"她耸了耸肩，"没什么关系，这样也更方便。"

"水霖？"

"怎么了？"

"你讨厌我待在这里吗？"

"不会。"

"因为我讨厌我自己。每天都是这样。当你不在家的时候，我就充满了愧疚感。"

"我知道你有愧疚感，没关系的。"

"因为我没有做贡献，没有挣钱。"

"你不需要挣钱，我挣得够多了。"

"而且我很抱歉，抱歉我自己有时候会絮絮叨叨，我真的很难过。"

"没关系。"

"我只是真的很害怕。"

"没事的，我能理解。你的梦，听起来确实挺恐怖的，我不想轻视你的感受。我只是……有点赶时间。你能理解的。"

特丽莎没有搭话。

蓝色的天空面积扩大了，模糊的雨幕逐渐变得稀薄。水霖背上淡紫色的帆布包，把它和衣服的其他部分连接起来。连通时，衣服发出了一段尖细的高音，几乎无法听见，她的皮肤在紧身的内衬下刺痛。在小黑盒的显示屏上，亮起了四盏琥珀色的灯，而仍有两盏红色的灯不断地闪烁着。

水霖拉起了紧身的黑色兜帽，它像一顶劫匪帽一样，遮住了她的耳朵、嘴巴和鼻子，仅仅为眼睛留下一道窄缝，然后在手上套上两只由同样光滑材料制成的手套。她坐在了床边，特丽莎背对着她。

水霖靠向前去，亲了亲特丽莎乱糟糟的红发，兜帽上的黑色薄膜挡住了嘴唇的短暂按压。然后，绿色夹克的内衬传来了细微的嘟嘟声。

特丽莎回过身来，水霖从口袋里掏出了那只小黑盒，她们一起看向了盒子。现在，所有的灯光都是琥珀色的，一齐闪烁着。

"要多久？"

"大概五分钟吧，或许更久一点。"

"这就是你买的贵宾礼包？五分钟？"

水霖点点头。

"不太算是即时传输嘛。"

兜帽的窄缝内，水霖眯起了眼睛。

"传输这种事情，最好还是不要操之过急。"

她走出房间，下了楼梯。

屋外，雨还在下着，尽管已经小到几乎看不见了。

而在黑色的兜帽上，水霖又戴上了第二层，是夹克自带的森林绿色兜帽，松松垮垮地垂下来，遮住她的眼睛。和夹克的外层一样，它更多是装饰性的，尽管也可以挡住几滴小雨。天气本身并不影响传输出行，但水霖还是希望自己不要被雨水打湿。

一条狭窄的木板路穿过草坪，通向竹林。路的尽头是一小块空地，水霖现在走到了那里。

她让自己站在正中间，抬头看向竹子的茎秆。它们轻轻摇晃着，竹影交织，指向狭窄的一方天空。

小黑盒的显示屏上，闪烁的琥珀色小灯依次变成绿色，小盒又发出了一次滴滴声。

水霖深吸了一口气，闭上眼睛——然后等待着。

第十一章 更远,更远些

两个男人坐着的地方在青石山的高处,从这里看去,沙漠平原空旷而平坦,无边无际,一直延展到地平线的尽头,仿佛这个世界的其他地方除了这平坦的沙漠一无所有。不过,假如他们把目光投向那片遥远的迷雾,他们起初认为是一条长长的平滑曲线的地方,却模模糊糊地显现出一条参差不齐的灰色山脊,标志着环形山再次开始的地方。

这里不太像是一个营地,他们几乎没有停下来喘口气。他们卸下沉重的背包,打开几把轻型折叠椅。一个人从冰镇的内袋中,掏出两瓶啤酒,撬开瓶盖,把它们丢进脚下青灰色的尘土中,然后把啤酒瓶递给他的同伴。

两个人心满意足地坐下。他们凝视着平原的尽头,尽管那里没什么可看的,只有辽阔的大气空间,把沙漠压得平平整整。他们也没什么可听的,只有那昆虫无休止的虫鸣和振翅声，以及看不见的蜥蜴急急跑过的声音。不过时不时地，他们会以为分辨出了一些声音，又轻又细，在沙漠的微风中飘浮。那是一种类似工人从扩音器中喊话的声音，他们听不见具体的语句，或许是因为隔得太远了，声音中的信号被风切割得支离破碎，只传来几个片段音符。

当他们看见那束光时，并不觉得十分壮观。只是射在平原上的微光，仅仅是一个光点，起初光点缓慢地升起，然后逐渐加快，进入厚重的空气，越过破碎地平线，升入晴朗的天空。当然，那时他们已经听到了：动力十足的推进器引擎的低沉隆隆声从平原中央滚滚而来，然后从空气中发出了巨大的撕裂声，就像天空被撕开一样，撕裂的速度并不十分迅速，但持续、坚决，废气在撕裂的地方留下一条长长的灰色缝隙。

他们也看到从发射点逐渐蔓延开来的灰尘，过了一会儿，他们感到了一阵温暖潮湿的风吹过身边，在喉咙里留下了金属的味道。

两个人从瓶中喝了一小口，其中一个开始激动地摇头晃脑起来。

"天啊，看看，吁！看看，杰克，那肯定是什么特别的东西，对吧？我喜欢看着他们做那些事情，那种力量、肌肉，想想就让人激动得发抖。"

"当然，皮特，"另一个人也点了点头，不过动作迟缓了许多，"而且也让你充满自豪感，不是吗？想想吧，我们已经走了多远？前面还有多少路？"

"呀！"皮特又从瓶中喝了一口，然后用瓶口指向火箭，现在火箭比一个在蓝色背景上划出弧线的白点大不了多少，"而且他们又把一颗卫星送到那边去了？是的，很合理。我想说，的确，一些伙计或许会说，我们不需要它，这样太浪费了。但我得说卫星越多越好，不是吗？可以让整个过程更加准确。想想吧，假如整片天空布满了卫星呢？就像一张巨大的、复杂的网，罩住整片天空？那该有多伟大啊，所有人都能得到好处。"

"皮特，我可不知道你说的这些是不是可能，不过，我明白你是什么意思。"

他们盯着天空看了一会儿，空气中仍充满了低沉的隆隆声，就像是发射了一朵雷雨云。

皮特闭上一只眼睛，把瓶子伸出一臂之长，让它的底部对着平原的中间。然后，"咻"的一声，瓶子缓缓升上天空，在天空中划出一道柔和的弧线，又飞回了皮特的嘴边，不出预料地向上倾斜着。

杰克笑了:"注意,这一颗可不一定是卫星。这一颗要一路走下去,直奔月球。"

"哇哦!真的吗?你是怎么知道的?"

杰克耸耸肩:"哦,你得注意听,你知道,那些人传出来的消息。"

"哦,对,当然啦。"皮特眯着眼注视天空。他仍能看见那枚火箭,但看不见月亮。"我在想,他们想对那块老掉牙的石头做什么。人们总是跟我讲,月球上啥都没有,只有褪色的旗子和脚印。"

"不,不是要到月球上,火箭并不会停留在月球表面,而是到月球下。"杰克笑了,"月球可是块富矿,你不知道吗,皮特?那上面有我们需要的所有矿石,就在那上面,永远地在我们头顶飘着。而且也不用发愁怎么把它们挖出来,不需要强制购买令,也不需要说服哪个固执的老太婆把她豆腐块大小的地方让出来。"

皮特点点头:"哇哦——富矿,哈?这就值得好好想想了。"他又点点头,然后把啤酒瓶举到眼前,通过弯曲的瓶身看向刚刚发射的火箭。他只有一动不动的时候,才能从弧形的棕色瓶身后看到引擎的闪光。于是他放下了瓶子:"你觉得他们会怎么把这玩意儿带回来?估计会很重吧,肯定要花好多钱。从这地球上挖矿肯定比从那么老远的月球上挖矿简单多了。"

"皮特,他们可不会用运载火箭把它运下来!不,不会的,他们会在上面装一个那种传输站,在月亮上。这就是他们现在要去的地方。"他把自己手中的酒瓶,往火箭那边指了指,"他们要造一个超级大的传输站。他们挖出一整筐矿物以后,就会把它们飞快地传回来。没什么大问题,也不需要多花钱。"

皮特向后摇晃着他的椅子。"哦,老哥,这可太聪明了。他们可真天才,"他犹疑了片刻,接着说,"你是怎么知道这些事情的,杰克?我可没在新闻上听到过,而且这么大的事情,他们总得在新闻上提一下吧。假如这是官方定下来之类的。"

"谣言已经传了一阵子了,而且谣言总不会是空穴来风。但你知道的——他们总是会试着把这件事情保密。"

"对喽,对喽,就怕什么人偷走了他们的想法,"皮特又笑了,"一旦这套系统装到月球上,开始运作了,然后——砰!就这么简单,所有这些富矿都会来到地球上,它们可以让世界重新变得富有。"他点点头,"是啊,这听起来很有道理。"

第十一章 更远,更远些 | 229

"当然啦。而且对这些工人也是一样。因为，你懂的，在月球上待那么久挺无聊的。你整个人会虚得不行，摇摇晃晃，你的身体会放弃你，骨头都会变成糊糊。"

"对喽，对喽，所以……他们会用机器人一类的东西？"

"什么？并不会，嗯……对啦，或许他们会用机器一类的东西，在挖出那些矿的时候当然会这样啦。但也不全是这样，会有你我一样的普通人在上面驾驶，做一些实际上的操作工作。"

"对喽，在他们的骨头变成糊糊之前，他们就得回来。咻！估计会很艰苦啊，我想的是，我才不想变成挖矿的人，我希望这些人的工资足够高。"

"不，皮特，这不是……"杰克脱掉了帽子，用手掌根揉揉额头，"他们会轮班把工人传输上去，明白吗？通过传输站，你知道吧？所以，每个人只需要在月亮上待一小会儿，做一些挖掘工作，然后回来休整。几周后，他们会恢复体力，然后就可以继续上去做一班的工。当然啦，我猜他们挣得肯定不少，或者不管怎么说，应该挣得比较体面吧。"

皮特向前倾了倾身子，看向平原。他双手转着酒瓶，将它缓缓地斜向一侧，看着酒瓶中的液体改变着形状。他试着让瓶中的酒尽可能地接近自己嘴唇，而不洒出来。他非常小心地倾斜着瓶子，但由于瓶颈变窄，酒突然涌出了瓶口。在皮特再次摆正瓶子之前，酒就已经洒在了脚下的灰尘中。不过，洒掉的酒不多，不必太过在意。酒瓶中还剩下不少。

皮特吸了口气："不过，即便如此，我觉得我也不想成为第一个尝试*那种*旅程的人。你明白吗？在他们装好大传输站，并且让它运转起来以后。"

杰克点点头："当然，当然啦。去月球的路可太远了，而且他们要通过的可是十分稀薄的空气。运送矿产是一回事，当然，但一个大活人，嗯……"

"你懂的，在发射火箭之前，他们应该会做一些实验吧？在把这一整套系统建好之前，他们应该会首先把事情确定好吧？"

"哦，他们会的。嗯，差不多吧。不管怎么说，他们会尽量做一些实验。他们让一个人绕地球一圈，让他从一颗卫星传到另一颗卫星上。他们需要搞一整套特殊的装备，但这个人确实传输成功了。"

"哇哦——多么牛的一次旅行啊！这个可怜人估计会非常晕。"

"他当然会晕头转向。他们把他一次绕地球传输了十多圈。你明白吗？这是为了模拟到地球的全部距离，而且我觉

第十一章 更远,更远些

得他们应该也挺担心的，因为有那么多的曲线地段。因为他的速度相当快，所以他们担心他身体上的一些粒子会被抛向太空。不过至少去月球的旅行多少要更直接一些。无论如何……这件事应该能成。"

"所以，从头至尾，这个人到底花了多少时间呀？"

"我不知道，"杰克耸耸肩，"我说，差不多……五分钟左右？"

"靠，那其实还挺慢的，你不觉得吗？对于传输来说，五分钟已经太久了。你懂的，你要解体五分钟，这也太久了。"

"是啊，肯定是因为路上的传输枢纽太多了，或许这拖慢了传输的进度。我猜到月球的旅程应该会更顺利一些。"

皮特又一次试着倾斜手中的酒瓶，现在瓶中酒更浅了，所以角度变化得更加快了。皮特格外小心，注视着接近瓶颈的啤酒。但现在水位已经很低了，瓶子已经过了水平线，然后一大口酒又突然洒出来，很快就被干燥的土地吞没了。

彼得把瓶子扶正后，不禁皱起眉头，感觉第二次洒出来的和第一次一样多。他抬头看了看天空，再也看不到火箭发动机的任何迹象，只能看见火箭发射的蒸汽痕迹，那根长长的弧线仍然停留在空中。

"你觉得他们能做到吗?"

"当然喽。假如他们觉得这件事情不可能,就不会试着去做了。看看他们迄今做成了多少事情吧。"

"我明白,我明白,"皮特快速地点点头,"但我也在想,怎么说呢,他们不应该多等一会儿吗?你知道,为了确保成功。"

"什么意思?"

皮特盯着两脚中间的土地:"嗯,我只是感觉,在历史的长河中,总有人要成为第一个吃螃蟹的人,或者第一个做出发现的人,或者第一个来到某个处女地,然后再原路返回的人。难道是因为他们冒着所有美妙的风险,所以他们就能成为这第一个人?而且经常有人死在这条路上,因为他们都太过急切了,或者他们不够急切,或者他们没有正确的装备。不过,每当我听到这类故事,我都会想,嗯,为什么他们不多等一会儿?为什么不先把所有东西都弄清楚,确保传输的安全性,确保传输装备不会突然失效。你明白吗?他们为什么不能从容一些呢?因为他们总是匆匆忙忙,所以总是在犯错,直到事故发生才会想到这些问题。所以我总是在想,怎么说,如果他们多等一会儿,不管是谁要做第一个尝试的人,他还会是第一个,只是需要等一会儿。而且我觉得那个第一个尝试的人是谁,其实并不重要,对吗?"

"哦,得了吧,皮特。我觉得你没抓住重点。假如他们就在那里从容地等着,那么……这件事情还有什么有趣之处吗?这场传输旅行会变成什么样子?假如没有沿路那些甜蜜的小事故,那些错误,那些小小的挑战?难道不是这样的事情,才让生活变得更加激情吗?"

"我想,或许吧,我不太懂。"

"那些额外的东西又怎么算呢?那些我们从来没有寻找过的宝藏,就像我们爬上这座山,然后看见了火箭发射如此壮观的景象。我觉得其他人肯定都没有看过这次发射。当然喽,我们可以把所有的精力都花费在观看那次发射,但是嘿,我们根本不知道会看见这样的奇观。这是一次意外,一次美妙的意外。假如我们没有动力来爬上山顶,我们将不会见证这场奇迹,假如他们没有给我们付钱,假如这不是我们的工作,我们就不会如此努力地爬上山顶。你明白吗?而我们现在的攀登,只是为了让后来的人不必攀登。我们的工作虽然艰难,但很有价值。"

皮特缓缓地点头,眯着眼看向滚滚灰尘。他把酒瓶放回嘴边,继续倾斜着,但酒瓶已经空空如也。他把酒瓶举到光的下方,盯着它,仿佛酒瓶变空是被施了魔法。然后,他把酒瓶倒了过来，抓住瓶颈，扔下了山坡。酒瓶很快击中了一块大石头，碎成数百片闪光的碎片。

杰克效仿皮特，也把自己的酒瓶丢了下去，两个男人又继续坐了一会儿，听着从石头上反弹回来的短暂回声。一时之间，昆虫鸣叫和扇动翅膀的声音都停下来了。在酒瓶砸碎的回声中，一切都显得如此安静沉默。然后慢慢地，渐渐地，昆虫又重新开始了歌唱和演奏。

杰克站起来，伸了个懒腰："我们最好还是上路吧。我希望在太阳落山前爬到那上面，这样我们就可以很快把任务搞定，然后直接回家。"他开始把椅子折起来，收进背包中，示意皮特也跟着做，"顺便也检查一下你的罐子。"

"为什么？"

"当然是看有没有破损。上一次我爬这条路线的时候，跟我来的一个男的把罐子里的颜料都洒出来了。他的背包里的塑料包装已经裂开了，当他把它拿出来时，罐子整个破了，洒了一地。真是一团糟。我们都还没开始干呢！到处都是红色，在石头上到处闪着光，而且你完全没法把这玩意儿擦干净。太难了，而且也太他妈贵了。他们不得不派了一支特遣队才把这里擦干净，还得把这些石头用高压水龙头冲干净。把那一整套设备带到这里来简直太贵了，但他们必须这么做。谁知道卫星会把洒在这里的一大摊丑陋液体认成什么？我不是说你真的和那哥们儿一样笨，但我们停下来的时候，你把包放得太重了。"

皮特尽职尽责地、小心翼翼地查看了他们带上来的几罐红色油漆，然后把沉重的包背到肩上，两个人步履沉重地走上山。

"杰克？"

"怎么了？"

"其实我在想……他们需要那些月球上的矿石做什么？"

"做什么，皮特！当然是造那些新机器用！那么多的新技术！你看，他们用光了很多地球上的资源，还有很多能源。"

在平原上，火箭发射后的蒸汽轨迹正在消失，长长弧线的痕迹在慢慢变粗，它的一部分消失在了沙漠的高空中，其他部分就像小块的云朵一样飘走，切断了这条弧线。

"所以我猜，他们得在月球上建造更多机器，才能把更多的矿物运回来，在地球制造更多机器，然后再把更多的人送上月球？"

"你总算明白了！是啊，这就是前进的动力。当然，还有很多工作要做,很多工作,得要你我这样的好人才能做到。这一切都是为了造福人类。"

两个步行者小心翼翼地爬上了蓝灰色的岩石。太阳将他们这一边的山峰置于阴影之中,这让他们走得更加轻松。天空仍然很亮,但已经看不见火箭的踪迹了。

"此外,一旦他们把这一套传输系统安在月球上,让它运转起来,他们就能把这套系统建在月球的任何地方。我们可以把整个城市的建材包装好,传输到月球上,然后在上面瞬间把它拼好。"

沙漠平原上传来说话的声音,断断续续的短暂片段,还有金属撞击的声音。他们的呼叫断断续续,话语含糊不清。它们在温暖的山风中嗡嗡作响,鸣叫不止。

"杰克,月球上的城市?他们为什么想要在月球上建城市?"

"哦,皮特,我可不懂。我只想说他们能做到这一点,你明白吗?我只是在说,他们真的能做到。"